唯一無二の最強テイマー

～国の全てのギルドで門前払いされたから、
他国に行ってスローライフします～

1

著 赤金武蔵

Illust LLLthika

CONTENTS

プロローグ

「ここもダメか……」

たった今門前払いされた冒険者ギルドを振り返る。

大きいが寂れた古い建物。ところどころ斬撃痕があり、壁には穴が開いている。見るからに荒くれ者たち以外お断り、といった雰囲気だ。

噂では最悪のギルドだとは聞いていた。だけど、まさか話も聞かずに帰らされるとは思わなかったな。

ため息をつきつつ、このギルドのギルドマスターに言われたことを思い出す。

『テイムできないテイマーなど、我がギルドには不要です。お引き取りを』

ここがターコライズ王国最後のギルドだったのになぁ。

本当、これからどうしよう。

唸っていると、俺の肩に乗っている小さな女の子がギルドに向けて唾を吐いた。

『ほんっっっっっと！　なんでいつもいつもいつもコハクが門前払いされるの⁉　激おこよ私！』

「まあまあ、仕方ないよ」

『仕方なくないわよ！』

と言われても、もう決まったことだし。

うがあああああ！　と俺の耳元で憤るクレア。俺のためにこんなに怒ってくれるなんて、本当に優しい子だな。

苦笑いを浮かべ、クレアの頭を撫でる。

『むぅ……頭撫でてくれるのは嬉しいけど、あんたはもっと自分のために怒りなさいよ！』

「クレアが俺の代わりに怒ってくれるから、俺は怒らなくて済むんだよ。いつもありがとう」

『ぐぬぬ……！　ふん！』

腕を組んでそっぽを向く。ただ口角が僅かに上がっているから、喜んではいるみたいだ。

「さ、行こう。ここにいたら邪魔になる」

『全くもう……！』

納得がいっていないクレアを連れ、俺はギルドから離れた。

◆◆◆

神が与えし職業は、天職と呼ばれている。その中に、テイマーという職業があった。

魔物をテイムし、使い魔として戦闘や諜報、支援を生業にする職業。それがテイマー。俺の天職だ。

魔物には種類が存在し。

犬系魔物、猫系魔物などの獣種《ビースト》。

蜂系魔物、ワーム系魔物などの虫種《インセクト》。

岩石系魔物、植物系魔物などの自然種《ナチュラル》。

他にも様々な種族の魔物がいるが、ここでは割愛。

これらをテイムし、戦うのがテイマーなのだ。

だが、問題は俺のテイマーとしての資質にあった。


俺は、これらの通常の魔物をテイムすることができないんだ。


各テイマーがテイムできる種族は、各個人につき一種類のみ。それなのに、俺はこの世に現存する魔物をテイムすることができない。

……いや、この言い方は語弊があるか。

ただ一つだけ、俺がテイムできる種族の魔物がいる。

強力だがこの世で最も数が少なく、通常の人間には見ることができない幻の種族。

幻獣種《ファンタズマ》。それが俺のテイムできる魔物で——。

『全くもう、全くもう……！』

今なお、俺の肩でぷりぷり怒っている彼女がその魔物である。

幻獣種《ファンタズマ》、火精霊クレア。

俺が契約しているうちの一人だ。

ただでさえ見つからない上に、彼女たちは普通の人間には見ることができない。

そのせいで、俺はどの魔物とも契約できない【無能】扱いされていた。

他人には見ることができないんだ。俺が幻の種族、幻獣種《ファンタズマ》と契約していると言っても、誰も信じてくれないのは自明の理だ。

それに、自分がどの魔物と契約できるかは本人にしかわからない。本人にしかわからないものを説明するには、口頭で説明するしかないんだけど……。

そのせいで俺は、どこに行っても【無能】で【嘘つき】扱いされていた。

嘘じゃないんだけど、世知辛いなぁ。

肩を落としていると、クレアが小さな羽をはばたかせて俺の顔の前まで飛んできた。

『それで、これからどうするのよ、コハク。もうこの国には、所属させてもらえるギルドなんかどこもないわよ』

「……どうしようね」

『はぁ……どうしようねじゃないわよ、どうしようねじゃ！』

あ、怒った。

クレアは器用に後ろ向きで飛びながら、腰に手を当てて激昂する。

『テイマーじゃなくて、炎系が使える魔法師ってことにすればギルドに入れてもらえるじゃない！ 私がいれば不可能じゃないわ！ 何で頑にテイマーに拘るのよ！』

「無理だよ。職業を偽ると捕まっちゃうから」

『あーもー！　アンタら人間は天職に固執しすぎなのよぉ！』

確かにそれは言えてる。

この国。いや、この世界は天職至上主義だ。

いい職なら高待遇。悪い職なら冷遇。いい意味でも悪い意味でもわかりやすく格付けされている。

ただ、こんな世界に生を受けたんだ。ルールに従う他に生きる術はないんだよ。

未だぷりぷりしているクレアを連れ、俺はこの街で拠点にしている安宿へ戻ってきた。

木造で古く、歩くとミシミシ音が鳴る。お金もほとんどないし、こんなところでないと泊まれないのが悲しい。

二階の一番奥の角部屋が俺の泊っている部屋。それ以外は空室だ。わざわざこんな所に泊まる物好き、金のない俺以外にいるはずないか。

ため息をつきつつ、鍵穴を回す。すると、俺に気付いたみんなが出迎えてくれた。

『コゥ、おかえりー！』

『お帰りなさいませ、ご主人様』

「ただいま二人とも。いい子にしてた？」

クレアと同じく人型の幻獣種《ファンタズマ》が一体。こっちは体の大きさも人間サイズだ。

そして、俺より巨大な狼型の幻獣種《ファンタズマ》が一体。

これにクレアを加えた三体が、俺がテイムしている仲間だ。

『コゥ、どうだった？　どうだった？』

俺の体に擦り寄ってくる、大型の狼。滑らかで触り心地のいい毛並みが、淡い金色に輝いている。

幻獣種《ファンタズマ》、天狼フェンリル。


テイマーになるずっと前から俺の傍にいる、幼馴染みみたいな子だ。何故かフェンリルは小さい頃から側にいたんだよね。

ははは。当時は俺が空想の友達と遊んでるって、虐められたっけ。

そんなことを思い出しながら、フェンリルの頭を撫でる。

「ごめんねフェン。今日もダメだったよ」

『大丈夫。ボクはコゥと一緒なら、どこでも嬉しいから』

そう言ってくれるだけで、本当に救われる。

『ご主人様。お召し物をお預かりします』

「ありがとう、スフィア」

俺が脱いだローブを受け取り、大事そうに抱える女の子。

闇夜を孕んでいるかのような漆黒の髪に、陶器のような白い肌。神が造形したとしか思えないプロポーション。もし人間なら、国中の男が求婚するであろう絶世の美女。

だが表情は変わらず、まるで無機質な人形のようだ。

幻獣種《ファンタズマ》、機械人形《マシンドール》スフィア。

『ちょっとスフィア。匂い嗅ぎすぎじゃない？』

『何のことでしょう』

『でも顔埋めてたじゃない』

『そんなことはありません。それはクレアが常日頃からそんな妄想しているから、そう見えてるだけでは？』

『はぁ!? そ、そんな妄想してないわよ！』

『ではそれ以外の妄想はしていると？ くすくすくす。いやらしいですこと』

『あんたねぇ！』

ぎゃーすかぎゃーすか。元気だなぁ、二人とも。

ま、これだけ騒いでも他の人には聞こえないから、近所迷惑にはならないのはいいんだけど……あ、ここ俺しかいないから、近所とか関係ないじゃん。てへっ。

……言ってて悲しくなってきた。

『コゥ、これからどうする？』

「そうだねぇ……」

ターコライズ王国全土のギルドを回ったけど、どこも受け付けてくれなかった。

これはもう、この国は無理かなぁ……。

「みんな聞いて。もしみんながよければ、俺は他国へ行こうと思う。つまり、移住だ」

『他国、ですか？』

「うん。他国のギルドなら、まだ望みはあると思うし」

ターコライズ王国に隣接している国は、多分噂が流れているからダメだろう。

だとしたら、少し遠いけど俺のことが知られていない国なら、まだ望みはあるかもしれない。

「ブルムンド王国に行こうと思うんだ」

『ブルムンド王国？　確か、テイマー専門のギルドもある国よね』

「そうそう」

俺の意図を汲んでくれたクレアの頭を撫でる。

子供扱いするなー！　と怒るが、満更でもなさそうなところがまた可愛い。

『ボクはコッが行くなら、どこでもいいよ！』

『私もお供致します』

『仕方ないわね、私もついて行ってあげるわ！』

「……みんな、ありがとうね」

俺には勿体ないくらい、いい子たちだよ。

「じゃあ、早速準備しよう。明日の朝出発だ」

『な、何ですって⁉　コハクきゅんがターコライズ王国を出る⁉』

地上に存在せず、通常の生物がそこにいると数分で衰弱死するほど、白く何もない空間。

そこに集まっているのは、神聖なオーラを纏っている人外の存在たちだった。

数にして数百……否、千は超えているだろうか。

人外の存在が、宙に映し出された映像を見て驚愕する。

そこに映し出されていたのは、漆黒の髪にメイド服を着た美少女――スフィアだ。

スフィアは表情の変わらない無機質な顔で、人外たちの視線を一身に集めている。

『はい。ご主人様は、ターコライズ王国を見限りブルムンド王国へ移る決意を固めました』

青天の霹靂。まさかコハクがターコライズ王国を出るなど予想だにしていなかった人外たちは、慌てたようにざわついた。

『そ、そんな……！』

『私、コハクきゅんがいるから、わざわざこんな辺鄙《へんぴ》な国に移ってきたのに！』

『私なんて既に神としてこの国に崇められてるのよ！』

『俺も、加護を渡した人間が数人いるんだぞ！』

ざわめきが大きくなる。そんな人外の存在を、スフィアは無機質な目で見つめる。

『落ち着いてください』

ピタッ。スフィアの声に、人外たちは黙って耳を傾けた。

『先ほども申し上げた通り、ご主人様はこの国を見限りました。つまり……この国はご主人様の素質を見抜けず、国を出るという苦渋の決断にまで追い込んだのです』

少女の言葉は、普段他者の話を聞かない人外の存在をも引き付けた。

今、この少女が喋る言葉を一言一句逃さまいと、無心になって聞き入る。

『皆様。ご主人様を……我らの主であるお方をここまで追い詰めたこの国に、未練はありますか?』

『『『あるわけがない！！！』』』

人外の意思は決まった。この国を――ターコライズ王国を捨てる。

そしてこの決断が、ターコライズ王国を破滅へと導くことになるのだった。

第一話　テイマーギルド

「見えてきた。ブルムンド王国首都、アレクスだ」

ターコライズ王国を出て一週間が経った。

宙を駆けるように飛ぶフェンリルの背中から、目的の街を一望する。

本来なら馬車で一ヶ月かかる距離。だけどフェンリルのスピードでは、その距離をたった一週間で走破できた。

「さすがフェン。速いね」

『えへへ！　ボクさすが！　さすがボク！　褒められた！』

フェンリルの首を撫でる。前向いてるから見えないけど、凄く尻尾を振ってる気がする。この子、昔から褒められるのが好きだからね。

下を覗き込むと、眼下に広がるのは広大な大地。平原や森、川、湖が目に飛び込んでくる。

ブルムンド王国首都アレクスは、大陸の最東端に位置する港町だ。港町と言うだけありかなり漁業が盛んなことで有名でもある。

アレクスに移ろうと決めたのは、世界でもこの国にしかないギルド、テイマーギルドに入るためだ。

テイマーギルドなら、大丈夫だとは思うけど……どうなるだろう。心配だな。

と、俺の不安が伝わったのか、俺の後ろに座っているスフィアが俺を優しく抱き締めた。

『ご主人様、ご安心を。必ずうまくいきますよ』

『そうよコハク！　ガラクタと同じ意見は癪だけど、あんたなら大丈夫！』

『叩き潰しますよ羽虫』

『はぁんっ!?　は、は、羽虫って言ったわねぇ！　それ精霊には禁句だから！　禁句だからぁ！』

『知ってますよ蝿』

『はははは蝿！　蝿って言った！　コハク、今こいつ蝿って言ったぁ！』

わかった、わかった。わかったから揺らさないで、落ちる。

「スフィア。仲間なんだからそんなこと言っちゃダメだよ。ちゃんとクレアに謝ってね」

『……申し訳ございません』

『ふふんっ、頭を垂れなさい！』

「クレアも、スフィアにガラクタって言ったことちゃんと謝ること」

『むぐっ……ごめんなさい』

『ざまぁないです、ぷぷ』

『むぎぎぎっ……！』

喧嘩するほど仲がいいとは言うけど、全くこの子たちは。

そうしてるうちにアレクスの門前に到着。既にブルムンド王国への入国と移住手続きは終わってるけど、ここでも街に入るために手続きがいるみたいだ。

俺はフェンリルから降り、近くにいた警備兵に声をかけた。

「あの、すみません」

「む？　何用だ？」

「テイマーギルドに入りたくて」

「ということは、君はテイマーか。何か身分を証明できるものはあるかね」

「天職カードでいいですか？」

「うむ」

天職が言い渡される十三歳の年に発行される、天職カード。ここに俺自身の魔力を流すと、写真や名前などが浮かび上がる。仕組みは不明。さして興味もなし。

「……確認した。今、テイムしている魔物はいるかい？」

「今はいません」

「わかった。ようこそアレクスへ。コハク殿、我々は君を歓迎する」

「ありがとうございます」

警備兵に敬礼され、門の中へ入っていく。

テイマーなら検問の際に、テイムした魔物も確認する必要がある。だけど俺の場合は見えないから嘘ついいた。だって見えないししょうがないよね。

『コゥ、宿行く？　宿行く？』

「いや、まずはギルドに行こう。スフィア、お願い」

『承知しました、ご主人様』

スフィアの目が光り、ホログラムの地図が浮かび上がる。

ギルドの位置を赤い点。俺たちの現在地を青い点で示し、最短ルートを割り出した。

「さすが、ありがとうスフィア」

『恐れ入ります。……ッシ』

スフィアは嬉しいみたいで、隠れてガッツポーズをした。見えてるよ。

本当、うちの子たちは褒められるのが好きだなぁ。

唐突だけど、機械人形《マシンドール》は魔法が使えない。

その代わり、この世界の機械技術の数千年先の技術が詰め込まれているらしい。このホログラムの地図も、その機械技術の結晶なんだとか。

地図の通りに歩くことしばし。迷うことなく、テイマーギルドへやって来た。

大きい。そして綺麗な外見だ。まだできたばかりなのか改装したかはわからないけど。こんなに綺麗なギルド、ターコライズ王国にはなかった。

扉の左右には狼型の石像が建てられている。どことなくフェンリルに似てるような……？

『ねえ、あれフェンリルっぽくない？』

『ええ！　ボクもっとかっこいいよ！』

「俺もフェンっぽいって思った」

『そんなぁ!?』

しょぼんとするフェンリル。ああ、可愛いなぁやっぱり。

フェンリルのしょぼん顔にホッコリしていると。

「何ニヤついてんだあいつ……」

「一人なのに」

「おかーさん、あの人わらってるー」

「シッ、見ちゃいけませんっ」

あ……そっか、周りには見えてないんだ。慣れてるけど、改めて言われると悲しい。

少し意気消沈しながらもテイマーギルドに入る。

「お、おお……！」

テイマーギルドと呼ばれるだけあって、あっちを見ても、こっちを見ても魔物、魔物、魔物だらけだ。

獣種《ビースト》、虫種《インセクト》、自然種《ナチュラル》……とにかく多い。

ターコライズ王国ではこんなにテイマーはいなかったなぁ。何だかワクワクしてきた。

辺りをキョロキョロと見渡す。と……何だろ、魔物たちの動きが騒がしいな。

「お、おいどうしたんだよっ」

「え、何っ、え？」

「おい！　言うこと聞けよ！」

「どうしたの？　何か怖いの？」

魔物たちが、テイマーの後ろに隠れて俺のほうを見ていた。

そうか。クレアたちは人間には見えないけど、魔物には見えるんだ。

通常の魔物は人間の言葉は喋れないから、ああやって行動で示すしかないんだな。

悪いことした。ごめんねみんな。怖がらせちゃって。

心の中で謝罪し、ギルドの受付に向かう。

「あの、すみません。ギルド登録したいんですけど」

「はい、承知しました」

栗色の髪を緩く編み込んだ女性が近付いてきた。

テイマーギルドの制服なのか、紺色のロリータケープコートが特徴的だ。

「初めまして。テイマーギルドスタッフのサリアです。本日はギルド登録ですね」

「こ、コハクです。よろしくお願いします」

若干声が上擦った。恥ずかしい。

き、緊張する。今まで登録すらさせてもらえなかったから……。

サリアさんは少しだけ口角を上げると、テーブルの下から水晶玉を取り出した。

「では、こちらに触れてください」

「……あの、これは？」

「最近開発された水晶です。テイマーであること。テイムできる魔物。今テイムしてる数。それらを自動的に表してくれるもので、量産できず世界で唯一このギルドにしか置かれていません」

へぇ、なるほど。テイムできる魔物が……え？

「て、テイムできる魔物……？」

「はい。ですので、嘘をつこうとしても――」

「テイムできる魔物を調べられるんですか⁉」

そんな……えっ、本当に⁉

「は、はい。この水晶で……」

「……ぁ、ぁぁ……！」

ど、どうしようっ。感極まって声が出ない……！

今まで口頭でしか説明できず、それも嘘だと否定し続けられてきたのに……！

「……何か不都合でも？」

「滅相もない‼」

こ、こんな……こんな求めていたものが、ここにあるなんて……！

「そ、そうですか……」

あれ、ドン引きしてる？　なぜ？

『きれーな玉！　コゥ、投げて、投げて！　キャッチボール！』

『フェンリルうっさい！　コハク、早くやってみなさいよ！』

『本当に調べられるか、見ものですね』

ゴクリ……よ、よし。

意を決して水晶に触れる。直後、水晶の中に淡い光が灯った。

「これは？」

「こちらの光で、コハクさんのテイマーとしての情報を解析しています。今しばらくお待ちを」

光が水晶の中を不規則に漂うのを見つめる。本当に調べられるんだ……。

『ほぅ……綺麗ですね』

『ふふん。私ほどじゃないけど、綺麗じゃない』

『食べられる？　食べられる？』

新雪のように淡い光に、みんなも興味津々といった感じだ。あと食べられません。

待つこと数秒。光が、黄金色の粒子を撒き散らしだした。

「――ぇ……こ、これは!?」

サリアさんが食い入るように水晶を見つめる。

そうしているうちに、光が一つ、また一つと増え、水晶の中に三つの光が灯った。

「ま、さか……そんな……!?」

鬼気迫る顔で、テーブルの上に置かれている分厚い本を物凄い勢いで捲る。

「ない……ない……ない……ない……ないないないないないないない……ない！」

「うわっ!?」

きゅ、急に顔を上げないで。心臓バクバク。

サリアさんは口をわななかせ、テーブルを思い切り叩き。

「あなた、幻獣種《ファンタズマ》テイマーですね！？！？！？」

興奮気味に大声を上げた。

◆◆◆

「申し訳ございませんでしたぁ！」

「いや、大丈夫ですよ。本当に」

ギルドの応接室にて、目の前には土下座をしているサリアさん。

あの大声のせいで、ギルド内は一時大混乱に陥った。

まさか大声を出されるとは思わなかったから、さすがに焦ったよ。

「ところで、何で幻獣種《ファンタズマ》テイマーってことに驚いたんですか？　あの水晶があればわかるって……」

疑問に思っていたことを聞くと、サリアさんは土下座したまま早口気味に話した。

「水晶に現れる光はテイムできる魔物によって色が変わります。獣種《ビースト》なら赤。虫種《インセクト》なら紫。自然種《ナチュラル》なら緑。龍種《ドラゴン》なら黒。他にも様々ありますが、幻獣種《ファンタズマ》の色だけ今まで謎だったのですごめんなさい」

ああ、なるほどそれで……消去法で、黄金色は幻獣種《ファンタズマ》だとわかったってことか。

「黄金色の光は未発見でして。つまり、未発見の幻獣種《ファンタズマ》テイマーだと思いましたですごめんなさい」

語尾がごめんなさいになってますよ。

「その通りです。俺は幻獣種《ファンタズマ》をテイムできます」

「やはり！」

サリアさんは立ち上がると、顔を輝かせて手を握ってきた。

『コゥに触るな！　触るな！』

『何よこの女……』

『馴れ馴れしいですね。処します？』

ど、どうどう。落ち着けみんな。

「しかも光の数からして三体もテイムしているんですよね!?　今どちらにいらっしゃるんですか!?」

「あ、そこに……」

「ここですか!?　くんかくんか、すーはーすーはー。うへっ、うひひひ……！」

え、何この人気持ち悪い。うへうへ言ってるサリアさんから距離を取る。だって気持ち悪いし。

『コハク、あの人気持ち悪い……』

『がくぶる……』

『やはり処しましょう。そうしましょう』

うん、俺もそう思ってる。でも落ち着いてね。

「……あの、サリアさん」

「うへうへ。……あっ。ご、ごめんなさいっ。私魔物マニアでして……新種と聞くとどうしてもうへへ」

よし、こういう人だと思うようにしよう。

「サリアさん。幻獣種《ファンタズマ》テイマーだと認めてくれたのは嬉しいんですけど、みんながそこにいる証明ができないんですが……」

「あ、それなら簡単ですよ！　ギルドマスターと戦えばいいんです！」

◆◆◆

場所は変わって闘技場。見渡す限りの広大な闘技場に、天井はなく底抜けの青空が広がっている。

確かに戦闘するには、これほどうってつけの場所もないだろう。

そんな中、俺の目の前にいる一人の女性が、柔和な笑みを浮かべている。

まるで深窓の令嬢然とした佇まい。ミルキーウェイのような煌びやかな銀髪。目は細く、瞳の色はわからない。パステルのブルー系のドレスを着ていて、貴族のお嬢様のように見える。

ただ……漂うオーラは半端なものではない。この人の纏う空気で、周囲の景色が歪んで見える。

「コハクさん、ご紹介します。この方がテイマーギルドのギルドマスター、トワ・エイリヒムです」

「初めましてー。トワですよぉ～」

おっとりと間延びした声。ただ、声の端々からわかる威圧感は本物だ。

テイマーなのに、使い魔じゃなくて本人が強いのは稀……なるほど。この人がテイマーギルドのギルドマスターか。

が、そんなことより。

目の前で繰り広げられている光景を見て、背筋に流れる冷や汗を感じ思わず生唾を飲み込んだ。

『くんくん、くんくん。この人、強い匂い！』

『ふーん。中々やるわね、この人間』

『おや、怖気付きましたか羽虫』

『スクラップにするわよ!?』

『あら怖い。野蛮ですこと』

『こんのガラクタぁ！　ちょ、待ちなさい！』

『かけっこ？　ボクもー！』

みんな、この人が見えてないのをいいことにはしゃぎすぎだよ。

俺がハラハラしてるのを疑問に思ったのか、トワさんは不思議そうに首を傾げた。

「えっとぉ～、それであなたが幻獣種《ファンタズマ》テイマーの方ですかぁ～？」

「あ、はい。コハクです」

「ふふふ～。そんなに畏まらなくてもいいですよぉ～」

俺からしたら、ここが就職先になるか一世一代の大勝負なんだ。

畏まりはしないが、緊張の一つや二つくらいはする。

トワさんはそれを畏まっていると受け取ったのか、鈴を鳴らしたような笑い声を漏らした。

「可愛い子ですねぇ～」

「子、なんて歳でもないですよ。今年で二十歳です」

「私からしたら子供ですよぉ～」

この人はいったいいくつなのだろうか。見た目年齢は俺と変わらないくらいなんだけど。思うだけで口にはしない。女性に年齢を問うのは失礼に当たるからね。

「それではぁ～、これよりコハクくんの実力を確かめますよぉ～」

「……はい。よろしくお願いします」

大丈夫……大丈夫だ。いつも通りやればいい。

俺は指を鳴らすと、追いかけっこをしていた三体が俺のもとに駆け寄ってきた。

「何をしたのですかぁ～？」

「あ、いや。あなたの周りをうろちょろしてたみんなを呼び寄せただけです」

「なんと～。幻獣種《ファンタズマ》というのは、本当に見えないいんですねぇ～」

……この人も、信じてくれるのか。

どうしよう、嬉しい。顔がにやける。

「ではぁ～、私の魔物を紹介いたします～」

トワさんが、神の祝福を受けるように両手を前に差し出す。

「おいで～、クルシュちゃ～ん」

ゾクッ――この威圧感は……！

突如闘技場に影が落ち、慌てて空を見上げる。

天を覆う巨大な体に翼。漆黒で硬質な鱗。全てを射抜く眼光。槍のような尻尾。刃のような爪。鋼鉄すら噛み砕きそうな牙。

空を飛ぶ主が、旋回しながら闘技場に着地してトワさんの背後に待機する。

トカゲのような顔。四足歩行で力強い四肢。吐く息には真紅の炎が混じっている。

これは、間違いない……！

「ドレイク型、龍種《ドラゴン》……!?」

何度も言っているが、幻獣種《ファンタズマ》は人の前には姿を現さない。世間からしてみれば、実在しているかどうかも怪しい存在だ。

しかし龍種《ドラゴン》は誰の目にも見え、実在しているのが容易にわかる。

実在しているからこそ、誰もが口を揃えて言葉にする。

——全生物の中で最強は、龍種《ドラゴン》である、と。

「よくお勉強していますねぇ～。この子はドレイク型龍種《ドラゴン》。世間的には黒龍と呼ばれる、ちょっと凄い子なんですよぉ～」

龍種《ドラゴン》の中にも格がある。

ドラゴネット、ワイバーン、ムシュフシュ、ヴリトラ、ヒュドラ、ドレイク。

この順で格が上がり、最上位に位置するのがドレイクだ。

しかしドレイクの中でも更に格が分かれる。

ノーマルは鈍い灰色だが、それとは別にいるのが色付きと呼ばれるものだ。

緋龍、青龍、緑龍、黄龍、白龍。そして黒龍。

これらが、ドレイク型の中でも最強と言われている。

その中でも黒龍は、硬質さと獰猛さが桁違いに高い。

つまり――。

「グルルアアアアアアアアアアアアアアアアアアアアアアアアアアアッッッ――！！！！！！」

――正真正銘の化け物だ。

まさか、テイマーギルドのギルドマスターが龍種《ドラゴン》テイマーだったなんて。

『おー、トカゲ！　トカゲ！』

『全く、煩い爬虫類ね』

『ご主人様、私が滅しましょうか』

「君たちはいつも通りだね」

あの黒龍を前にして、豪胆というかなんというか。

ただ、そうだな……。

「みんなは、あれと戦って勝てる自信ある？」

『よゆー！　よゆー！』

『造作もないかと』

『包丁持って大根切るほうが苦戦するわね』

クレアの身長からしたら、包丁を持つだけで一苦労だもんね。

「じゃあ、今回はクレアにお願いしようかな」

『任せなさい！　いいところ見せてあげるわ！』

『しょぼん』

『チッ。無様な真似をしたら許しませんよ、羽虫』

『はいはい。選ばれなかったからって僻まないの、お人形ちゃん』

『むぎぎ……！』

ホント、仲良いなぁ君たち。

クレアは意気揚々と俺の前に出ると、フェンリルとスフィアは後ろに下がった。

「クルシュちゃん、そこにいるんですかぁ～？」

「グルルルルッ――――！」

黒龍にはクレアの姿が見えている。牙を剥き出しにし、思い切り威嚇していた。

『あはっ。一丁前に威嚇しちゃって……かーわいい♡』

「こらクレア。お待たせしました、トワさん。こっちは準備オーケーです」

「はいは～い。因みにぃ、どんな幻獣種《ファンタズマ》なんですかぁ～？」

「火精霊です。俺と契約している三体のうちの一体です」

「へぇ……火精霊、ですか」

トワさんの目が僅かに開く。紅い……真紅の瞳だ。

ほんの少ししか開いていないのに、圧が濃くなった気がする。

「クレア、行けるか?」

『この私を誰だと思ってるのよ。まあ任せなさい』

クレアがそう言うなら……任せるか。

クレアと黒龍が睨み合う。

黒龍は牙を剥き出しに。だがクレアは、余裕そうな笑みを浮かべている。

クレアの強さはわかってるつもりだけど……ドレイク型龍種《ドラゴン》相手は初めてだ。

無理はするなよ、クレア。

俺たちの丁度中央に立っているサリアさんが手を挙げ——。

「では、両者準備は整いましたね」

「はい」

「大丈夫ですよぉ～」

「それでは……始め!」

——振り下ろした。

「クルシュちゃん、《ブレス》」

直後、黒龍から放たれる真紅の炎弾。龍種《ドラゴン》特有の、炎の吐息だ。

「クレア!」

『ええ!』

クレアが前方に右手を掲げる。ハニカム構造のシールドが展開され、黒龍のブレスを受け切った。

「防御魔法ですかぁ。黒龍のブレスは鋼鉄も蒸発させますが、それを防ぐとは思いませんでしたぁ～」

「クレアは火属性最強の幻獣種《ファンタズマ》なんで。炎系統の力を無効化できるんです」

『ふふん、頭を垂れなさい！』

調子に乗るんじゃありません。

「なるほどぉ～。さすが、幻獣種《ファンタズマ》ですねぇ～。……クルシュちゃん」

「グルルルオオオオオオッッッ！！！！」

咆哮を上げた黒龍が、爪を立てて飛んでくる。

だけど、俺は慌てない。クレアならどうにかしてくれるって、信じてるから――。

『甘いわよトカゲちゃん』

シールドが幾重にも重ねられ、厚みを持つ。直後、黒龍の爪がクレアの防御魔法へ触れた。

ギャギャギャギャギャギャッ――！　火花を散らし、黒龍の爪が止まる。

黒龍も止められるとは思わなかったのか、眼が僅かに揺れた。

「グルルルルッ――！」

「なんと……《ドラゴン・クロー》まで止められたのは初めてですね」

トワさんもさすがに驚いたのか、間延びした声は鳴りを潜めた。けど。

『あっっっぶなぁ～……！　込める魔力の量をミスったら破られてたわ』

だから調子に乗るなとあれほど……これはあとでお説教だな。

トワさんは細めた目を少し開き、口角を薄っすらと上げる。

「クルシュちゃん、纏いなさい」

「ガルッ――――！」

纏い……まさか！

「クレア！」

俺の声に、クレアがその場を離脱。

直後、黒龍の爪が赤く変質して、防御魔法を簡単に斬り裂いた。

「《魔力付与《エンチャント》・パワー》……！」

「その通りです～」

人間の使う魔法の中に、身体強化の魔法がある。

これは人間にしか使えず、他の魔物は使えない特殊なものだ。

だが一つだけ、魔物がそれを使える方法がある。それが、テイマーと契約していること。

テイマーと契約している魔物は、テイマーが使える魔法を使うことができる。

つまり、トワさんは身体強化魔法を使えるってことだ……！

魔法師でもないのに、身体強化魔法を使えるなんて……やっぱり只者じゃなかったな。

「クレア、次はこっちの番だ！」

『任せて！』

クレアが大きく息を吸い込み、人差し指と親指で丸を作る。

それを口元に寄せて狙いを定め。

「ブレス！」

ゴオオオオオオオオォォォッッッ――――！！！！

「なっ!?」

「ガアァッ!?」

黒龍のものと遜色ない巨大な炎弾が二人を襲う。

間一髪のところで黒龍がトワさんを連れて上空に飛んで逃げたが、二人がいた場所は爆ぜてクレーターを作った。

「まさかとは思いますが、火精霊は炎系統の魔法も思うがままなのではぁ～？」

「御明答です。他にも元ある炎を自由に操ったり、体感温度を変えられたり……熱系の能力に特化してるんですよ」

『どやぁ～！』

クレアが無い胸を張っている。だから調子に（以下略）。

「……ふふ……ふふふ……あはははははは！」

突然、黒龍に乗っているトワさんが豪快に笑いだした。何だろう、壊れた？

「ふふ。幻獣種《ファンタズマ》がここまで強いなんて思いませんでしたよぉ～。私もまだまだですねぇ～」

そりゃあ、幻獣種《ファンタズマ》と戦う機会なんてないからね。

トワさんと黒龍が俺たちの前に降り立った。

『《ブレス》を防がれ、《ドラゴン・クロー》を防がれ、更に同威力の《ブレス》まで使う幻獣種《ファンタズマ》……この他にも、もう二体いるんですよねぇ～？」

「はい。同じくらい強いのが」

『んな！　私のほうが強いわよ！』

『いいえ私です！　ご主人様、私が一番です！　訂正を要求します！』

『ボクはコゥの一番ならなんでもいーや』

あーはいはい。ちょっと黙ろうねみんな。

「はい、あなたの力がよくわかりました～。これは文句はありませんねぇ～。ね、クルシュちゃ～ん」

「グルルルル」

トワさんが黒龍の頭を撫でると、気持ちよさそうに目を細める。

文句ない……ってことは！

「そ、それじゃあ……！」

「コハクさん、是非テイマーギルドのハンターとして、一緒にお仕事しましょ～」

ぉ……お、おおっ……遂に……遂に……！

「内定だーーーーー！」

『ご主人様、おめでとうございます！』

『さすがコゥ！　コゥさすが！』

『ま、私のおかげね。褒めてくれていいのよ』

テイマーとなって苦節七年。やっと……やっと安住の地を手に入れた！

ここからスタートするんだ。俺のテイマー人生が！

◆ターコライズ王国◆

「何？　神託が聞けないだと？」

「はい。昨日からですが……」

ターコライズ王国、王城。謁見の間にて、国王は耳を疑う報告を受けた。

この国の主神であるガイア神からの声が聞こえない。ここ二十年。毎日のように聞いていた神託がだ。

確かにこれは異常事態であった。

「供物は捧げたのか？」

「はい。神託通り大地の恵みを。いつもなら供物に光が差すのですが、本日は何も起きず……」

教主の言葉に、髭を撫でて熟考する。

この国はガイアの神託を聞き作物を育て、大地を豊かにしてきた。だが、聞こえなくなったのは昨日からという。一日、二日、そういう日もあるだろう。まだ慌てるような時でもない。

「わかった。今後も信仰を続けよ。ガイア様からの神託を受けるまで気を抜くでないぞ」

「ハッ！」

教主が謁見の間を後にする。

と、今度は冒険者ギルドのギルドマスターが血相を変えて飛び込んで来た。

「こ、こ、国王様！　一大事でございます！」

「どうした騒々しい」

「じ、実は……我がギルド最強の戦士、剣聖がスキルを全く使えなくなったのです！」

「……何だと？」

剣聖とは、剣のスキルを全て扱うことのできるものに与えられる、最強の称号だ。

つい最近も、剣聖には功績を称えて勲章を与えたばかり。

それなのにスキルを使えなくなった……それは剣聖として死んだと同じ。由々しき事態である。

「心因的なものか？」

「い、いえっ。本人も突然使えなくなったと……！」

「そんなわけなかろう！　何かあるに違いない！」

剣聖のスキルは、伝承では剣の精霊の試練を乗り越えると与えられるものだ。

精霊の力は絶対。その力であるスキルが使えなくなるなんて、ありえないことだ。

国王は玉座に腰を掛けて頭を押さえた。

今朝から理解不能なことばかり起きている。

大地の神ガイアからの神託も聞こえず、剣聖もスキルが使えない。

（どうなっているのだ、こんな立て続けに。偶然か？　……うむ、ありえるな。恐らく偶然だろう。そそうに違いない）

と、そう結論づけたその時——謁見の間に大量に人間が押し寄せてきた。

「ど、どうした!?」

「も、申し訳ございません国王様！」

「直ちに外へつまみ出しますゆえ！」

「ま、待て貴様ら！　落ち着くんだ！」

衛兵が食い止めるも物量には勝てず、瞬く間に謁見の間は大量の人間で埋め尽くされた。

「こ、国王様ぁ！」

「大変です国王様！」

「国王様、水質が急激に悪く！」

「作物も枯れてしまいました！」

「我がギルドの聖女が力が使えなくなったと！」

「我がギルドの大魔法師も！」

「うちの錬金術師まで！」

「大気も汚染されてきています！」

「魔物の群れが押し寄せてきていると報告が！」

「宮廷魔法師が、王都を覆っている結界も不安定だと言っています！」

（な……ぇ……な……？）

怒涛のように押し寄せてくる不穏な報告。ここまで来ると、偶然とは言えない。

この国に、何かが起こっている。何故こんな立て続けに起こっているのかはわからない。

だが、ここで食い止めなければ……ターコライズ王国は滅びる。

そんな直感にも似た確信が、国王の胸に去来した。

◆幻獣種《ファンタズマ》◆

『あっ』

『む？　どうしたガイア』

『教主に最後の挨拶するの忘れちゃった』

『関係あるまい。我らが国を出た時点で、あの国は滅ぶことが決まっている。挨拶をしてもしなくても変わらない』

『んー……ま、いっか』

『それを言うなら、俺も人間に与えた剣のスキルは全て没収した。コハク様に仇なした国には必要なかろう』

『確かに！』

「はい、どうぞぉ～」

「あ、ありがとうございます」

場所は変わってギルドマスター室。

トワさんが紅茶を入れ、ソファーに腰掛ける俺の前にカップを置いた。

声が上擦ったが、そこは察して欲しい。俺の気持ちを。

こんな綺麗な人が笑顔で紅茶を入れてくれる。女っ気のない俺の人生で初めてのことなんだよ。

……クレアとスフィアは別枠で換算してくれると助かる。見た目は人間だけど、一応種族が違うし。

何が言いたいかと言うと、うん、めちゃめちゃ嬉しい。ニヤける。

「緊張しないでも取って食ったりしませんよぉ～。クルシュちゃんなら一口かもしれませんが～」

「あはは。ご冗談が過ぎますよ」

「冗談だと思いますかぁ～？」

「…………」

「じょ～だんで～す♪」

この人、いつも笑顔で表情が変わらないから冗談か本気かわからないんだが。

トワさんの言葉に表情筋が引きつる。だけどみんなは、こっちよりもお菓子が気になるようで。

『見てコハク、チョコチップクッキーよ！　こんなに沢山！』

『クッキーうまうま！』

『こら二人とも、はしたないですよ』

クレアとフェンリルが美味そうにクッキーを頬張っている。狼ってチョコレート食べていいんだっけ？　……ま、正確には幻獣種《ファンタズマ》だし大丈夫でしょ。

紅茶で唇を潤す。ぶっちゃけ、茶葉の違いなんてわからないけど、美味い。多分、美味いと思う。

そんな様子を見ていたトワさんは、不思議そうに首を傾げた。

「クッキーが独りでになくなっていってますねぇ～。幻獣種《ファンタズマ》のみんなさんですかぁ～？」

「あ、はい。みんな美味しそうに食べてますが……すみません、うちの子が勝手に……」

「ふふふ、喜んで食べてくれているなら私も嬉しいです～。これ、手作りなんですよぉ～」

なんと手作りクッキー！　美女の手作りクッキー、それは是非とも食べなければ！

『げふっ。食べたー。お腹いっぱい』

『食べた！　食べた！』

「んなっ⁉」

こ、こいつら……全部食いやがった……。

『ご安心を、ご主人様。ご主人様の分は確保済みでございます』

「さすがスフィア、ありがとう……！」

『身に余る光栄でございます。……ッシ』

いつも通り隠れてガッツポーズ。でもバレバレだよ、スフィア。

少しだけ苦笑いを浮かべ、スフィアに貰ったクッキーをぱくり。

「うっま。え、うっま！」

「ふふ。喜んでいただいてよかったです〜」

想像の十倍美味い。これは確かに、クレアとフェンリルの気持ちもわかる。

クッキーを堪能し、紅茶で流す。

……それにしても、ファンシーな内装の部屋だ。ピンク色のカーペット。パステルブルーのソファー。クリアガラスのテーブル。デフォルメされたドラゴンの人形。豪勢なシャンデリア。ドライフラワーの飾り物。

それに、ふわっと香る甘く脳が痺れる匂い。

これが、テイマーギルドのギルドマスター室……正直、女の子らしすぎてちょっと落ち着かない。

ターコライズ王国のギルドマスター室はもっとボロボロだった。

タバコの煙で変色した壁。食いかけで腐りかけた料理。転がる酒瓶。ナイフの刺さった扉。

これがむさ苦しいオッサンと可憐な女性の差か。

「えっと〜、お話ししてもいいですかぁ〜？」

「あっ。はい、お願いします」

「それでは本題です〜」

トワさんが、シルクの布に包まれた何かを机の上に置いた。

「……これは？」

「開けてみてくださ～い」

丁寧に折りたたまれている布を開く。と、現れたのは、青銅で作られたブローチだ。

円形の中が十字で区切られ、それぞれに太陽、三日月、星、獣の紋章が刻まれている。

「これって……」

「テイマーギルドのハンターであることを証明するブローチです～」

「お……おおおっ！　こここっ、これがっ……！」

傷一つないブローチを手に取る。

重い……すごく重い。

これは、質量的な重みじゃない。これを手に入れるために、この七年間駆けずり回ってきた。その七年分の重みが、ここに詰まっている。

長かった……本当に長かった。蔑まれた。【嘘つき】と言われた。【無能】のレッテルを貼られた。

それでも頑張ってきた。頑張ってこれた。

父さんのあの言葉があったから、今の俺がある。それが、たまらなく嬉しい。

「……あれ？　でもこれって……ブロンズプレートですよね？」

ギルド員にはランクがある。それはプレートの色で決められていて、下からアイアン、ブロンズ、シルバー、ゴールド、プラチナ、ミスリルと上がっていく。

ギルドに入る場合、例外なくアイアンからスタートとなる。でもこれはブロンズプレートだ。

俺の問いに、トワさんは鈴を鳴らしたような声で笑う。

「コハクさんは幻獣種《ファンタズマ》テイマーで、私のクルシュちゃんと互角以上に戦えました～。なので特例として、一個上のブロンズプレートからスタートで～す」

「そ、そんな……いいんですか？」

「はい～。誰にも文句は言わせませ～ん」

トワさんは、ブロンズプレートごと俺の手を優しく包んだ。

「頑張って、コハクさん。トワ・エイリヒムは、コハクさんのことを応援しますよぉ～」

「────」

ぁ……これ、あれだ。ダメだ。止まらない。止められない。溢れ出る感情を抑えられない。

この七年間。期待されたことなんてなかった。ただの一度も。

でもトワさんは……俺の欲しかった言葉をくれた。

頑張って。応援してる。この言葉が、俺の乾いた心に突き刺さった。

頬を伝う、熱を持った涙。それを自覚すると、更に目頭が熱くなる。

『こっ、こここコハク!?　ど、どうしたらいいの!?　これどうしたらいいの!?』

『コゥ、見て見て！　ほら、おすわり！　ふせ！　ちんちん！』

『おおお落ち着きなさい二人とも。まずは私お得意の腹踊りをお見せして……』

『あんたが落ち着きなさい！』

ああ、ダメだ。みんなを心配させてる。でも止まらない。どうしたら……。

すると――トワさんが、身を乗り出して俺の頭の上に手を乗せた。

見ると、トワさんは今まで見せた中でも一際優しく微笑みかけてくれていた。

「私には、あなたの涙が何を意味しているのかわかりません。ですがその涙が、決して軽くないものだとはわかっているつもりです。……今は泣きなさい。それであなたの心が、軽くなるのなら」

「……ぅっ……ぅぁ……！」

泣いた。泣いた。泣いた。

脇目も振らず、トワさんやみんなからの目も気にせず。ただ、ひたすら涙した。

◆◆◆

「落ち着きましたぁ～？」

「は、はい。すみません……」

母親のように安らかな笑みを浮かべるトワさん。

まだ撫でてくれるのは嬉しい。けど、この歳になって子供扱いされてるみたいで恥ずかしいよ。

『むぐぐっ……！　いつまで撫でてるのよこの女……！』

『でもコゥに優しい、いい人！　いい人好き！』

『それはわかりますが、些か近すぎませんかこの雌』

こらこら。クレア、スフィア。メンチ切るの止めなさい。

「あ、ありがとうございました。もう大丈夫ですので」

「そうですかぁ～？　甘えたくなったら、いつでも甘えていいですからねぇ～」

「は、ははは……」

思わず目を背けてしまった。蠱惑的な空気というか、甘えたくなる雰囲気というか……包容力っていうのかな。この人に甘えると、とにかくダメになりそうで怖い。

トワさんは俺の頭から手を離し、ブロンズプレートを手に近づいてきた。

「コハクさん、立ってくださ～い」

「は、はいっ」

ソファーから立ち上がる。トワさんは俺の左胸に、ブロンズプレートを付けてくれた。

その際、女性特有のいい匂いを堪能したけど、それは内緒ということで。

「はい、できましたよぉ～」

『へぇ、いいじゃない！』

『よくお似合いです、ご主人様！』

『コゥ、綺麗！　かっこいい！』

トワさんが、俺を姿見の前に立たせた。俺の左胸に光る、テイマーギルドの一員としての証。

あぁ……まだ実感が湧かない。だけど、こうして左胸に光るこれが、現実だと教えてくれた。

「早速今日から依頼は受けられます～。受付でサリアちゃんから詳しい説明を聞いてくださ～い」

「はい！　ありがとうございます！」

依頼！　仕事！　ギルドマスター室から出て受付に向かうと、サリアさんが雑務を行っていた。

「サリアさん！」

「あっ、コハクさん。お待ちしていました」

「仕事したいです！」

「おー、やる気満々ですね。では説明するので、こちらへどうぞ」

サリアさんの後に続き、パーテーションで区切られた区画に移動する。

半個室で狭い。こんな所にサリアさんみたいに綺麗な人と一緒にいるって、緊張するな。

「まずは試験合格おめでとうございます。これから一緒に頑張っていきましょう」

「はい、ありがとうございます！　頑張ります！」

拳を握り締めて返事をすると、サリアさんは優しく微笑んだ。

「ふふ。それでは説明をしますが……ギルドの仕事について、どれくらい知っていますか？」

「えっと……ギルドは一般人から様々な依頼を受け、ハンターがそれを解決する……ですよね？」

「はい、概ねその通りです。依頼には様々あり、探し物、採取、魔物の討伐などがあります。コハクさんはブロンズプレートなので、探し物と採取がメイン。あとは弱い魔物の討伐ができます」

「アイアンはできないんですか？」

「はい。アイアンは駆け出しなので、探し物と採取しかできません」

なるほど……そうやって少しずつ下積みを重ねていくのか。

「どうします？　せっかくなら、魔物の討伐依頼を受けますか？」

「いえ。俺はブロンズプレートにしてもらいましたが、ギルドや依頼のことは全く知りません。なので、アイアンと同じく探し物や採取の依頼からやっていきます！」

探し物も採取もできないのに、魔物だけ倒して天狗になるなんて、ハンター失格だろう。

とにかく今は、ギルドの一員として早く仕事を覚えたい。

「…………」

「あの、サリアさん？　ぼーっとしてどうしたんですか？」

「あ、いえ。今までも何人かブロンズプレートスタートの方はいらしたのですが……コハクさんのような方は初めてでして」

「そうなんですか？」

やはり普通は、強くなるために魔物の討伐依頼を受けるんだろうか。

「でも依頼が来ているということは、困ってる人がいるんですよね。なら俺は、少しでも困ってる人の役に立ちたいです」

「……本当、お優しいんですね」

優しい……のかな？　当たり前の思考だと思ってたけど……。

『ご主人様の寛大で広いお心……不肖スフィア、敬服いたしました』

『コゥ優しい！　優しい！』

『さすが、幻獣種《ファンタズマ》の王なだけあるわね』

そんな持ち上げられても何も出ないよ。えへへへ……あとでお菓子買ってあげよう。

「それでは、依頼の受け方を説明します。ついてきてください」

「はい」

半個室を出ると、ギルド内にある掲示板の場所までやってきた。

「アイアン、ブロンズ、シルバーはここで依頼を見つけます。ゴールド以降は危険なため、受付での依頼を受けられます」

掲示板の依頼を眺めてみる。薬草の採取。鉄鉱石の採掘。逃げた馬の捜索。落とした人形を探して。彼岸草の群生地の調査。ゴブリン十体の討伐。オーク五体の討伐……なるほど、こういうのがアイアン、ブロンズ、シルバーの仕事なのか。

「じゃあ、まずは薬草の採取からやってみます」

「わかりました。受付で受領するので、こちらへどうぞ」

◆◆◆

依頼を受領し、アレクスの街を出た。場所は近くの森の中。ここに薬草が生えているらしい。

『コハク。薬草っていうのは、どれくらい必要なの？』

「うん。沢山あればあるほどいいみたい。薬草は回復薬の原料だからね」

『ふーん。で、どうやって見つけるの？　草なんてどれも一緒に見えるけど』

「そこは大丈夫。スフィア」

『はい、ご主人様』

スフィアの目が赤く光ると、周囲に赤い膜のようなものを張った。

『探知フィールドを生成しました』

「ありがとう。ほら、見てごらん。赤く光ってる草があるだろ？　あれがお目当ての薬草だ」

こう見ると、確かに雑草のようにも見える。熟達した人じゃないと、まず見落としてしまうだろう。

『じゃ、あれを引っこ抜けばいいのね！』

「うん。クレア、飛び回って薬草を沢山採ってきて。根元から抜くといいらしいから、お願いね」

『任せて！』

クレアが少し遠くにある薬草を集め、俺とスフィアが近くにある薬草を採取する。

順当に数を重ねていき、四十リットルの麻袋がいっぱいになった時だった。

『コゥ、これ！　これ！』

「ん？　フェン、どうしたの？」

『これ他と違う！　いい匂い！』

いい匂い？　……うーん。他の薬草と見分けが付かない。何が違うんだろ？

それに光ってない。薬草じゃないのかな？

「スフィア、これ何？」

『こちらは上薬草ですね。薬草が突然変異して現れる、薬草の上位互換です』

薬草の上位互換……そんなものもあるのか。

『コゥ。ボクえらい？　えらい？』

「ああ。よく見つけてくれたね、偉いぞ」

『ぬへへぇ～』

フェンリルの頭を撫でると、気持ちよさそうに擦り寄ってくる。本当、おっきい犬みたいだ。

「なら、これも採取しよう。薬草はいくらあってもいいからね」

『了解よ』

『畏まりました』

『ボクもがんばる！』

こうして、四十リットル麻袋三つ分の薬草と、一つ分の上薬草を採取し、俺たちはテイマーギルドへと戻っていった。

「サリアさん、ただいま戻りました」

「あ、お帰りなさい。お疲れ様です」

ギルドに戻り、受付の椅子に座る。

思ってたより疲労が溜まってたのか、突っ伏すようにダレてしまった。

「ふふ。どうです？　採取の依頼でも、中々疲れたでしょう」

「はい。アイアンの方は、これを一日に幾つもこなしてるかと思うと尊敬します……」

俺なんて、たった数時間腰を屈めていただけで体中が痛いのに。

……ああ、そうだ。採取した薬草を出さないと。

「サリアさん、薬草ってどこに出せばいいですか？」

「あ、ここに出してくれていいですよ。鑑定スキルを使って鑑定するので」

「わかりました。スフィア」

『はい、ご主人様』

スフィアが、フェンリルの背に乗っけていた麻袋を机の上に乗っけた。

こうして見ると、やっぱりかなりの量だ。

「……え。今、どこから……？」

「俺の仲間には、背に乗せたモノの姿を隠せる子がいるので」

「な、なるほど。……それにしても、これ全て薬草……ですか？」

「え？　はい。そうですけど……」

唖然とするサリアさん。これじゃあ足りなかったかな。実は他のハンターは、もっと集めているとか？　これでもかなり頑張ったんだけどなぁ。ベテランさんたちには遠く及ばないってことか。

なんて思っていると、サリアさんは慌てたように中を確認し始めた。

「全て薬草……こっちも薬草！　……えっ！　こっちは全部上薬草!?」

「あ、はい。そうです」

ザワッ——。サリアさんの大声に、ギルド中の視線が俺に向いた。

「おい、あれ全部薬草だってよ」

「でも上薬草って言ってたような……」

「あの袋の一つが、上薬草でいっぱいらしいわよ」

「何だよそれ……!?」

「とんでもねぇな、そりゃ……」

「ナニ者だろう、あの人……?」

うーん……話を聞く限り、俺が採ってきたのは多いほうらしい。

よかったぁ。想定より少なくて、使えない新人扱いされるかと思った。ホッと一息。

すると、サリアさんが声を震わせて問いかけてきた。

「な、何でこんなに上薬草が……!?」

「うーん……やり方は説明しづらいですけど、まあ俺の仲間たちの力ということで」

俺の近くにいるフェンリルの頭を撫でる。甘えるように擦り寄ってくる姿が、何とも愛らしい。

「な、なるほど。さすがは幻獣種《ファンタズマ》ですね……」

「ところで、上薬草は依頼とは違うアイテムですけど採ってきて大丈夫でした?」

昔、ギルドに入ったときに恥をかかないために、ギルドのことをある程度予習したことがある。

ギルドは、依頼中に採取したものと別のアイテムを持っていくと、それも換金してくれるらしい。

でももしかしたらそれはターコライズ王国だけで、ブルムンド王国では違うのかも……。

それだったらまずいことをした。どうしよう、この上薬草の山。

腕を組んで悩んでいると、サリアさんは前のめりになって興奮気味に声を上げた。

「だめじゃないです! むしろこんなに採ってきていただいて、ありがとうございます!」

「そ、そう？」

「はい！　特に上薬草は、薬草とほとんど見分けがつかず採取ランクも上がっているのです！　それを袋いっぱいに……感謝してもしきれません！」

そ、そうだったんだ。よかった、採ってきて。

「それじゃあ換金をお願いします」

「は、はいっ。数がありますので、少々お時間をいただきますが、よろしいですか？」

「大丈夫です」

「では、直ぐに鑑定致します」

サリアさんたちが、薬草の入った麻袋を持って奥へ入っていった。無事、依頼を達成できそうかな。

『コゥ、おつかれ！　おつかれ！』

『ふふん、私のおかげねっ。褒めてくれてていいのよ！』

『私たち、ですよ。何一人の手柄にしようとしているのですか』

『何よ。私が飛び回って集めたから、こんなに採れたんじゃない』

『私のスキャンがなければそれもできませんでしたよね』

『むぐぐ……！』

『ふん』

「はいはい、みんな凄いからちょっと落ち着こうね」

いくら見えてないし聞こえてないからって、そんなにいがみ合ってたら他の魔物が怯えちゃうでしょ。

全くもう、この子たちは……。

「はぁん？　俺ぁ……ひっく！　みとめねぇぞこんな優男なんざぁ！」

――え？　何？

声がしたほうを振り向く。そこにいたのは、かなり大柄な男だった。

手には酒が入ったカップを持ち、真っ赤になっている顔で俺を睨みつけている。

……え、優男って俺のこと？

「テメェ幻獣種《ファンタズマ》ていまーなんだってぇ？　うそつけぇあ！　なーにが幻獣種《ファンタズマ》ていまーだこのやろう！」

「えっと……嘘じゃありませんよ。現に、トワさんには認めてもらいました」

「とわさんだぁ？　ますたーをなまえで呼んでんじゃねーよくそがきゃあ！」

ダメだこの人。話にならない。昼間から酔いすぎだ。

見ると、男の後ろでは蔓と木でできている自然種《ナチュラル》の魔物が、必死になって男を止めていた。

顔のパーツはないが、人の形をしている。確か、木人って名前の魔物だったっけ。

木人が俺たちにぺこぺこ頭を下げ、男を羽交い締めにして止めようとしていた。

「あぁん!?　てめぇどっちの味方だぁ！　俺の使い魔なら命令だ！　あいつを今すぐぶっころせぇ！」

「――――！　――――！」

とんでもない男だな。あんな男にテイムされてる本人も可哀想に。

「おい優男！　てめぇもていまーなら、ていまーらしく使い魔でしょーぶしろや！」

「同ギルドに所属しているハンター同士の私闘は禁止のはずでは？」

「かんけーねー！　……あぁ、わかったぞぉ？　てめぇ、ていむしてる魔物がいねーから、俺とたたかえねーんだろ！　ぎゃははははは！」

はぁ……またか。ターコライズ王国でも、同じような理由で突っかかってくるテイマーはいた。

本当、面倒なことこの上ない。

『なんだァあいつ。咬み殺すぞ』

『コハク。あいつぶっ殺していい？』

『処す処す処す処す処す処す処す処す処す処す処す処す処す処す処す処す』

「まあ落ち着いてみんな」

ここで暴れたら、本気であの人を殺しかねない。みんなには無駄な殺しはしてほしくないんだ。

「どーしたクソガキがぁ。びびったかぁ？　ビビっちゃっいましたかぁ？　ぎゃははぶぼべっ!?」

……ん？　何だ？

突然吹っ飛んだ男。前歯が折れ、血まみれになって痙攣している。そんな男の上に飛んでいるのは、黒い何か。よく見ると……この子、ドラゴン？

俺の掌の上に乗りそうな、本当に小さいドラゴンが翼をはばたかせて滞空していた。

『あら？　クルシュじゃない』

「……え。クルシュって……トワさんの使い魔の？」

「グルッ」

手乗りサイズのドラゴン――クルシュが、キメ顔で俺を振り返る。やだ何この子イケメン。

でも、何でこんな小さく……？

「あらあら～。私のギルドで騒いでいるのはぁ～……どこの馬鹿ですかぁ～？」

突然のことに首を傾げていると、背後から声が掛けられる。

「あ、トワさん」

「どうも～、コハクさん」

ほんわかとした、でも圧のある笑顔。だけど、さっきより圧が強いような……？

「説明、していただけますかぁ～？」

あ、怒ってらっしゃる。

「は、はい」

とりあえず、起こったことをありのまま話そう……マジで怖いです、トワさん。

◆◆◆

「な～る～ほ～ど～」

今起こったことを説明する。トワさんは納得したようで、笑みを崩さず俺とおじさんの間に入った。

「あなたぁ、私の決定に異議を唱えるのですかぁ～？」

「ま、ます、た……ですが……！」

「異議を唱えるのですかぁ～？」

「……でも」

「異議を唱えるのですかぁ～？」

「……も、申し訳ございませんでした」

「はぁ～い、いい子ですねぇ～」

あ、圧が強い……。

トワさんはクルシュを肩に乗せると、周りを見て宣言するように声を発した。

「この方は幻獣種《ファンタズマ》テイマーです。私のクルシュちゃんと互角以上に戦い、私が認めました。……もしこの方のギルド入りに異議がある方は、私に直談判してくださいねぇ～」

「グルルルルルッ」

トワさんの言葉とクルシュの威嚇。それにより、ギルド内の空気は一気に張り詰めたものになった。

「ひっ……！　ぁ……」

あ、おっさん気絶した。

「ま、まあまあトワさん。俺、気にしてないんで、本当に」

「……今後、二度と同じことがないようにお願いしますねぇ～。あと、同ギルドに所属しているハンター同士の私闘はご法度ですよぉ～」

「それなら、トワさんもそれに該当するのでは？」

「ふふふ、面白いことを言いますねぇ～」

朗らかに笑い、クルシュを連れて俺から背を向けたトワさん。

肩口からほんの僅かに振り返った目には……獰猛な〝ナニカ〟を映し出していた。

「私は、しゅ・く・せ・い♡　しているだけですよぉ～」

やっぱ怖いわ、この人……。

トワさんがギルドの奥に引っ込むのと入れ違いに、サリアさんが受付にやって来た。

「お待たせしました。……あら？　どうかなさいました？」

「……いえ、何でもありませんよ」

サリアさんの登場に、張り詰めた空気も一気に弛緩する。

他のハンターも、さっきまでのことがなかったかのように各々動き出した。

「ではコハクさん、換金が終わりましたので、ご確認を」

「あ、はい」

受付の席に座り直し、目の前に手の平サイズの麻袋を二つ置かれた。

「まずはこちら。依頼達成料にプラスして、百キロの薬草を換金し、銀貨十枚と銅貨五枚になります」

「銀貨と銅貨で分かれてる……ということは、銅貨を集めると銀貨と交換できるってことですか？」

「その通りです。銅貨百枚で銀貨一枚、銀貨百枚で金貨一枚、金貨百枚で白金貨一枚と交換できます」

ふむふむ。ターコライズ王国では通貨単位があったけど、この国では銅貨、銀貨、金貨、白金貨って分かれてるのか。てことは、薬草一キロあたり銅貨十枚が相場ね。

「続いて上薬草ですが、こちらは四十キロあり、金貨四枚となります」

「金貨四枚⁉」

十キロあたり金貨一枚……そんな高級な薬草だったのか……！

総額金貨四枚、銀貨十枚、銅貨五枚。

これがどれだけの価値なのかはわからないけど……多分、それなりに高いんだと思う。

薬草採取の依頼が銅貨五枚。これに似た依頼をいくつもこなしたとしても、これだけの金を集めるのは至難だ。ランクが上がれば、依頼達成料も上がる……ハンターって金になるんだなぁ。

「換金は以上になります。また依頼を受けますか？」

「あ、いえ。俺この街に来たばかりなので、宿を探そうかと」

「わかりました。また何かありましたら、お申し付けください」

「ありがとうございます」

お礼を言い、ギルドを出る。

気絶したおっさんは……みんな無視してるし、俺もちょっと関わるのはよそう。

『ねえねえコハク！　私、お腹空いたわ！』

『あなた、さっきあれだけクッキーを食べたじゃないですか』

『あれはあれ！　これはこれ！』

『……デブ』

『!?　ぬあんですってぇ!?』

頼むから耳元で騒ぐのはやめてくれ。

だけど、この街の相場を調べるには、食べ物や雑貨を見て回ったほうがいいか。

「クレア、まずは宿を探すよ。それから好きなもの食べさせてあげるから」

『ほんと!?　さすがコハク！　そういうところ、大好きよ！』

「はいはい」

本当、現金な子だなぁ。そんな素直なところも、可愛いと思うけど。

「スフィア。地図を出して、この近辺の宿で手頃な金額の場所を教えて」

『畏まりました』

例のホログラムマップが映し出された。

『こちらの宿が、一泊銅貨五十枚ですね。朝食と夕食が付いているみたいです』

「これが、宿の一般的な金額なの？」

『そのようです』

一泊二食付きで銅貨五十枚が一般的か。

採取、採掘依頼しかできないアイアンは難しいだろうけど、討伐依頼のできるブロンズなら泊まれるくらい。それで一泊二食付きなら、良心的な値段だと言える。

地図を頼りに宿へ向かう。曲がり角を二回曲がったところで、目的の宿を見つけた。

見た目も、ありふれた木造の宿だ。宿の周囲にも八百屋や魚屋、肉屋が軒を連ねて、お客さんで賑わっていた。

戸を開けて中に入る。俺に気付いた少女が、満面の笑みで近付いてきた。

茶髪の髪を三つ編みにし、笑顔がよく似合う女の子だ。歳にして十歳くらいだろうか。

「いらっしゃいませ！　宿フルールへようこそ！」

「あ、はい。ここに泊まりたいんですけど、大丈夫ですか？」

「はい！　何泊なさいますか？」

「そうだな……とりあえず銀貨十枚で泊まれるだけ」

麻袋から、銀貨を十枚取り出す。

「銀貨十枚……えっと……んーと……」

両手の指を折って一生懸命計算する。なんとも可愛らしい。頑張れ。

「一泊銅貨五十枚。銅貨百枚で銀貨一枚。それが十枚だから……むむむっ、四十泊！」

ずこっ。君、ドヤ顔してるところ申し訳ないけど、計算ミスしてるよ。

「全く……二十泊よ、フレデリカ」

「あ、お母さん！」

と、店の奥から少女――フレデリカちゃんのお母さんらしい人が出てきた。

若い。すごく若い。俺よりも歳上っぽいけど、多分二十代。

この時代、十代で結婚して子供を産むのは当たり前だけど、俺は出会いとかないんだよな……はぁ。

「すみませんお客様」

「ごめんねっ、お兄ちゃん！」

「あ、いえ。大丈夫です」

フレデリカちゃんのお母さんが、台帳に何やら記入していく。

「お名前を伺っても？」

「コハクです」

「コハクさん、っと。ではお部屋へ案内します。フレデリカ、二〇五号室に案内してあげて」

「はーい！　こっちでーす！」

元気な子だ、フレデリカちゃん。階段を登り二階。その一番奥が二〇五号室、角部屋だ。

「朝ご飯は朝の八時まで。夜ご飯は夜の二十時までです！」

「ああ、ありがとうね」

「いえいえ！　それじゃあ私はこれで！」

ぺこり。頭を下げ、鼻歌を歌いながら下に降りていくフレデリカちゃん。

それを見送り、俺たちは二〇五号室へと入っていった。

◆ブルムンド王国◆

ブルムンド王国の女王、カエデ・ムルヘイムはその日、夢を見た。

ふわふわと何もない空間で浮いているような、そんな夢。

（ここは……）

そこは、彼女にはかなり馴染みのある空間だった。稀に、神の天啓を受ける際にこの夢を見る。

それを瞬時に理解し、カエデは夢の中で跪き、手を組んだ。

と――カエデの頭上から、暖かな光りが降り注ぐ。

『ブルムンド王国女王、カエデ・ムルヘイムよ』

「おおっ、神よ。……ぇ……!?」

頭上を見上げる。そこには、今まで見たことのない数の異形の存在が、彼女を見下ろしていた。

数えるのも馬鹿らしくなるほどの数。百や二百じゃきかないだろう。

そんな異形の存在から、一人の女性……ガイアが彼女の前に降り立った。

『カエデ・ムルヘイム。神託を授けます』

「はっ！」

ブルムンド王国の信仰する神は、ターコライズ王国と同じく大地の神ガイアである。

しかし、彼女がこうして神託を授けるのは本当に稀だった。

どんな神託を授けてくれるのか。カエデは緊張しながらも次の言葉を待つ。

『我らは、本日よりブルムンド王国にお世話になります』

「はっ！　……え？」

ガイアの言葉に、思考が止まった。お世話に。はて、お世話にとは？

カエデの頭の中を、ガイアの言葉が駆け巡る。ぐるぐる、ぐるぐる。

「あの……」

『我ら千に及ぶ天上の者は、ブルムンド王国の発展に力を貸します。神殿と祭壇に、彼は誰時《かたれどき》に作物を捧げなさい。さすれば、ブルムンド王国発展のために神託を授けます』

ガイアの言葉が、カエデの魂に刻まれる。やらなければならない使命として、それを認識した。

それと同時に、体が歓喜で震えるのを感じた。

この国を更に発展させることができる。この国の王として、これはまたとないチャンスだった。

「……畏まりました、ガイア様。カエデ・ムルヘイム、身命を賭してお受け致します」

『よろしくお願いします』

「……ところで、質問してもよろしいでしょうか？」

『なんでしょう』

「何故いきなり、ブルムンド王国に……？」

『私たちがお慕いするお方が、この国へ移住なさったので……ついてきちゃいました』

「……へ？」

えへ、と舌を出して笑うガイア。

カエデは、ガイアの言葉の意味を理解しかねていた。

私たち。つまり、ガイアを含め背後にいる天上の存在たちのこと。

それらが慕う者が、ブルムンド王国へ移住して来た。だからついてきた、と……。

「その方は、人ではない……のですか？」

『人ですよ。優しく、尊く、清らかで、聖なる魂を持った……私たちが崇める至上の人間。それがあの方なのです』

ガイアがうっとりとし、背後にいる天上の存在たちがうんうんと頷く。

彼らにそこまで言わせる人間が、この国へやって来た……。

「そ、その方とはどなた様でしょう。我らで最高のお出迎えをしなければ……！」

『その必要はありません。あの方は強く雄々しく、正しく誠実なお方。必要以上の特別待遇を嫌うのです。そっと、見守って差し上げてください』

天上の存在にそこまで気を使わせる人間。

ということは、その人間の気分を損ねれば——ブルムンド王国は滅ぶ。

それを理解すると、カエデの背中に冷たい何かが走った。

まさか自分はとんでもないものを背負ってしまったのではないか。

そんな思いが去来する。

『ではカエデ・ムルヘイム。よろしくお願いしますね』

「はっ！」

だが、もう引き戻れない。引き戻る選択肢はない。

カエデが覚悟を決めると、まどろみから覚醒するように意識を手放した。

◆ターコライズ王国◆

場所は変わりターコライズ王国玉座の間。

ターコライズ王国国王は、次々にやってくる悪い報告に頭を抱えていた。

「何故……何故だ、何故……!?」

神の神託が途絶えた。無限に湧き出る源泉が枯れた。広大な森林が腐り始めた。上薬草の草原が砂漠化した。魔物の動きが活発化した。空気が淀み疫病が蔓延した。各ギルドの最強ハンターがスキルを使えず、三割が死んだ。

意味がわからない。唐突すぎる。

何が起こった？　何がこの国に起こっている？　この国は一体どうなってしまうんだ？

その問いに答えるものはいない。

国王は、答えの出ない自問自答を繰り返し、苦悩に震えた。

夕飯を食った後、どうやら一晩ぐっすり寝てしまったらしい。気付いたら朝だった。

昨日は移住に加えてトワさんとバトル。念願のギルドにも入れたし、疲れ果てて当然か。

若干の体のだるさを覚えつつも、ギルドへやってきた。

『コハク、今日はどうするの？』

「うん、午前は鉄鉱石の採掘依頼。その後時間があれば、魔物の討伐依頼を受けようと思う」

『討伐依頼なら、骨のある相手がいいわ！』

「骨のある相手？」

『龍種《ドラゴン》とか！』

「ブロンズじゃ無理だなぁ」

思わず苦笑い。

龍種《ドラゴン》の討伐はゴールドプレート以上だ。まだブロンズの俺たちには受けさせてもらえないよ。

ぶーたれるクレアの頭を撫で、鉄鉱石の依頼書を手に取ろうとすると。

『ご主人様、それでしたらこちらのほうがよろしいかと』

「え？」

スフィアが指さす依頼書を見る。……確かに、こっちも鉄鉱石の採掘依頼だ。

ただ、依頼達成報酬がさっきのやつと比べると少しだけ高い。何が違うんだろ？

『採掘する場所が違いますね』

「……本当だ。安いほうはブレオス鉱脈。高いほうはレゾン鉱脈か。何が違うんだろ？」

『検索しますか？』

「お願い」

スフィアの目の中に魔法陣が輝く。彼女はこの世の全ての知識を持っている。あらゆる場面で彼女の知識は役に立つから、重宝している能力だ。

『……わかりました。ブレオス鉱脈はここから馬車で二日。レゾン鉱脈は馬車で五日掛かります。しかし、レゾン鉱脈のほうが質のいい鉄鉱石が採れるそうです』

なるほど、それでレゾン鉱脈のほうが報酬が高いんだ。

うーん、どうせだったらやっぱり、質のいい鉄鉱石を持っていったほうがいいよね。

「レゾン鉱脈に行こう。フェンの足なら、数時間で着くかな？」

『はい。採掘時間も合わせて、念のためご昼食を用意したほうがよろしいかと』

「わかった」

レゾン鉱脈の鉄鉱石採掘依頼を取り、受付のサリアさんのもとに向かう。

「サリアさん、おはようございます」

「あっ、おはようございますコハクさん。今日も依頼ですか？」

「はい。鉄鉱石の採掘依頼をお願いします」

持っている依頼書を渡すと、僅かに目を見開いた。

「レゾン鉱脈……こちらでいいんですか？」

「え？　はい。そっちのほうが質のいい鉄鉱石が採れるらしいので」

「……本当、このギルドのハンターに、あなたの爪の垢を煎じて飲ませたいです」

「爪の垢って……」

どういうことだろうか。

若干引いてると、サリアさんは苦笑いを浮かべた。

「鉄鉱石の採掘依頼は、ブレオス鉱脈とレゾン鉱脈があります。二つのうち、ブレオス鉱脈のほうが近いんですが……少し質が悪い鉄鉱石しか採れないんですよ」

「つまり他のハンターは、レゾン鉱脈に行くのが面倒くさいからブレオス鉱脈にしか行かないと？」

「まあ、その通りです」

人間は本質的に面倒くさがる生き物だ。馬車で二日の場所と五日の場所では、通常なら前者を選ぶ。

俺も多分、フェンリルがいなかったらブレオス鉱脈に行こうとしてただろな。

「……今ギルドでは、質のいい鉄鉱石は不足しているんですか？」

「そうですね。慢性的に不足しています」

「なるほど……じゃあ、これをお願いします」

「助かります、コハクさん。準備もあるでしょうから、出発は明日で大丈夫ですよ」

依頼書を受領してもらい、まずはご飯の確保のために宿フルールへと向かった。

「フレデリカちゃん」

「あ、コハクさん！　どうしたんですか？」

「ギルドの依頼で、明日から数日にかけて遠征に行くことになったんだ。申し訳ないけど、お弁当作ってくれないかな？」

「わかりました！　何食くらいです？」

そうだな。俺、クレア、フェンリル、スフィアの四人分。それを三日として……。

「二十八食分。できる？」

「はい！　にじゅうはち……え」

あ、やっぱりいきなり過ぎたかな。

「こ、コハクさん、すごく遠くに行くんですか？」

「いや、そんなには」

「じゃあ、そんなに作っちゃうと腐っちゃいますよ……？」

「大丈夫。三日で食べるから」

「三日!?　ほへぇ。コハクさんって大食らいなんですねぇ」

別に大食らいなわけじゃない。説明も難しいから、今はそれでいいか。

「できるかな？」

「えっと……お、お父さんに聞いてきます！」

「うん、お願い」

フレデリカちゃんが宿の奥に行き、しばらくして戻ってきた。

「特急料金がかかるけど、できます」

「わかった。いくらかな？」

「えっと……一食銅貨二十五枚で、二十八食分。特急料金が一・二倍だから……むむむ」

指を折り、折り……。

「銀貨十六枚に銅貨八十枚！」

「銀貨八枚に銅貨四十枚よ」

テーブルを拭いていた奥さんがすかさず訂正した。

フレデリカちゃん、顔真っ赤。

「えへへっ、間違えちゃった」

「ふふ、大丈夫だよ。はい、お金」

「まいどです！　お父さんに言ってきます！」

再び奥に引っ込むフレデリカちゃん。それと入れ違いに、奥さんが近付いてきた。

「すいませんお客様、落ち着きのない子で……」

「いえ。フレデリカちゃんはいい子だってわかってますから」

「ふふ。ありがとうございます。この後はお休みになりますか？」

「いえ、明日からの依頼のために少し準備をするので、また外に出ます」

「わかりました」

宿フルールを出て、次に雑貨屋へ向かう。

『むぅ。コハクはお人好しなんだから』

「少しでも、俺を拾ってくれたギルドへの恩返しをしたいから」

『さすがご主人様！　不肖スフィア、敬服致しました……！』

そんな大層なことじゃないよ。

雑貨屋で麻袋を大量に買い込み、準備を終えた翌日。

フレデリカちゃんからお弁当を受け取り、フェンリルに乗ってレゾン鉱脈へ向かう。

「フェン、重くない？」

『大丈夫！　ボク力持ち！』

「疲れたら言ってね。いつでも休憩するから」

『ありがと！　でもがんばるよ！』

「うわっ」

更にスピードアップ。想定では三時間かかる距離を、二時間で着いてしまった。

さすが天狼フェンリル、速いなぁ。

巨大な岩山のある一角にあるレゾン鉱脈。普段は俺たち以外のハンターも採掘に来てるらしいけど、周囲にそれらしい姿は見えないな。

「スフィア、鉱脈の中には誰かいる？」

『……いえ、いないみたいです。私たちだけですね』

そっか。なら遠慮する必要はないね。

「みんな、採掘するよ」

『かしこまりました』

『掘る！　掘る！』

『任せなさい。今日も私が一番がんばるわ！』

洞窟の中は、電灯が点いているとはいえかなり薄暗い。これじゃあ作業もしづらいな。

「フェン。洞窟の中に嫌な匂いはある？」

『すんすん。ないよ！』

「ガスは充満してない、か。わかった。クレア、火を出して照らしてくれ」

『了解よ』

熱を持たない炎が、洞窟の中を照らした。

おお……こうして見ると、かなり広いな。

天井は俺がジャンプしても届かないくらい高いし、横幅も俺たちが並んで歩いても余裕がある。

この奥に鉄鉱石があるのか。

中はスフィアの言う通り、人の気配も魔物の気配もない。完全な無人だ。

クレアが照らしてくれる灯りを頼りに、スフィアの案内で進むことしばし。洞窟の一番奥へとやって来た。

『着きました。こちらが採掘場です』

「了解。スフィア、より上質な鉄鉱石が光るよう、探知フィールドをお願い」

『畏まりました』

スフィアを中心に青い探知フィールドが展開。岩壁の中に青く光る何かが無数に現れた。

これが上質な鉄鉱石か。

「じゃ、俺とフェンで掘っていこう。クレアとスフィアは、上質な鉄鉱石を麻袋に入れてくれ」

『ふふん、任せなさい！』

『承知しました』

『がんばる！　がんばる！』

「よーし。やってくぞ！」

ピッケルを持ち、近くの鉄鉱石へピッケルを振るう！

ギイイイイィィインッッッ――――！

うぐっ。か、硬い……！　ピッケルが跳ね返されて、痺れるみたいだ……！

『ここ掘れわんわん、ここ掘れわんわん』

対してフェンリルは、硬い鉱石をまるでプリンのように掘り進めていく。

これが人間と幻獣種《ファンタズマ》の違いか……。

そう言えば、フェンリルの爪は伝説のオリハルコン鉱石すら砕くって聞いたことがある。

うーん……これ、全部フェンリルに任せたほうがいいかも？

……いや、ダメダメ。俺はみんなの主なんだ。かっこ悪いところは見せられない。

悪戦苦闘しながらも、フェンリルに負けじと必死に掘り進める。

麻袋も見る見るうちに満杯になり、三十分もしないうちに二袋目に突入した。

『大量ね！　麻袋全部に詰めたら、ギルドの鉄鉱石不足も解消されるんじゃないかしら？』

「そうだね。一応三日を想定してるけど、この調子で行くと明日には詰める麻袋がなくなっちゃうかも」

俺一人だったら、こんなに効率よく進められなかった。本当、みんながいてくれて助かってるよ。

そのまま調子よく二つ、三つ目の麻袋に突入したその時。ピタッとスフィアの動きが止まった。

『──ご主人様。人の気配が近付いていています。レゾン鉱脈に入って来たようです』

「え？」

『テイマーギルドの人間ではありません。ですが……かなり強いです』

かなり強い……スフィアにそこまで言わせるなんて、一体どんな人たちなんだ？

みんなに止まるよう合図を出す。

と、入口のほうから三人組の男たちがこっちに来るのが見えた。

「む」

「おや……」

「なんだよ、先約か」

目を見開いた、色男の剣士。

先約がいたことに驚いている、眼鏡をかけた魔法師。

面倒くさそうにため息をつく、厳つい外見の拳闘士。

何だろう、この人たち。

でも……俺でも何となくわかる。この人たち、強い。

「コル。中に人はいないんじゃなかったか？」

「ええ。探知の魔法で確認済みです。ですが……」

「いたじゃねーか」

「ですね……」

三人が何か言っている隙に、素早く観察する。

胸に付いているブローチは、炎の中心に剣がクロスしているような形。

確かこの形は、戦闘職を集めてるギルド、バトルギルドのもの。

色は……暗くてわかりづらいけど、恐らくシ・ル・バ・ー。

全員バトルギルドに所属している、シルバープレートのハンターみたいだ。

観察していることに気付いたのか、剣士の男が両手を挙げて敵意がないことを示した。

「驚かせてすまない。俺たちも鉄鉱石の採掘に来たんだ。悪いけど、少しだけ分けてくれないか？」

「……はい、大丈夫ですよ。あっちに山積みになってるものは全部いらないものなので、適当に持っていってください」

「……あれをかい？」

俺たちが求めてるのは上質な鉄鉱石。

それ以外の鉄鉱石は、全部よけてあった。

当然上質な鉄鉱石より普通の鉄鉱石のほうが多いから、俺の身長ほどの山ができ上がっている。

「おいおいっ、これ全部鉄鉱石だぞ！」

「しかも純度も高い……本当にこれを貰っていっていいんですか？」

「はい。問題ありませんよ」

早く持って出ていって欲しい。じゃないと、いつまで経っても作業が進まない。

表面上はにこやかに。内心は帰れコールの野次を飛ばしてると、剣士の男が貼り付けたような笑みで近付いてきた。

「いや、助かるよ。礼をさせて欲しい。それか何か手伝えることはあるかい？」

「お気持ちだけ受け取っておきます」

『かーえーれ！　かーえーれ！』

『邪魔よ邪魔！　仕事できないじゃない！』

『処します？』

それはダメ。あとその人たちの近くに寄らないの。

「そ、そうかい？　なら、何かあったらアレクスのバトルギルドへ寄ってくれ。俺はアシュア。俺に用があると言えば、取り合ってくれるから」

三人が山積みになっている鉄鉱石を麻袋に詰め、もと来た道を戻っていった。

「……はぁ。よかったぁ、戦闘にならなくて」

バトルギルドの人間は血の気が多い。

ターコライズ王国では、採取や採掘依頼がバッティングすると場所を取り合って戦闘が起こっていたらしい。

ブルムンド王国のバトルギルドのハンターは、話せばわかる人たちみたいだね。

「さ、みんな。ちゃっちゃと集めようか」

残りの時間、麻袋七つ分の鉄鉱石を集め終えた俺たちは、明日の体力も考えて少し早めに休むことにした。

◆アシュア・コル・ロウン◆

レゾン鉱脈から出てきた三人組の男。

その中の一人、拳闘士のロウンが慌てた様子で振り返った。

「おいおい、話がちげーじゃねーか、コル。中に人はいないんじゃなかったのか？」

その問いに、魔法師のコルが眼鏡を中指で押し上げながら答える。

「言ったでしょう。探知魔法で確認はしたんですよ。ですが、彼は探知魔法に引っかからなかったんです」

それを聞いた剣士のアシュアは、腕を組んで思案する。

「……彼のプレート、見たかい？」

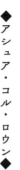

「はい。テイマーギルドのブロンズプレートでしたね」

「そのテイマーギルドに、最近おかしな噂を聞くようになった。何でも、幻獣種《ファンタズマ》テイマーが入ったとか」

アシュアの言葉にコルは息を飲み、ロウンは驚愕した。

「はあ!? 幻獣種《ファンタズマ》テイマーだと? あんなもん伝説上の存在だろ!」

「だが現に彼はテイマーギルドのハンターだ。それに……彼の周りには、テイムされた使い魔がいなかった」

その言葉に、ロウンとコルは先ほどの青年を思い出す。

確かに、テイマーギルドの人間だというのに、彼は一人だった。

テイマーは、テイムした魔物がいなければ一人で依頼を受けられない。

ということは……。

「彼が、その幻獣種《ファンタズマ》テイマーだと?」

「確証はない」

「だがよ、そうならこの先のことを教えておいたほうがいいんじゃないか?」

自分たちがここに来た本当の理由。それを伝えるか否か。

アシュアは、伝えないことを選択したのだ。

「……様子を見よう。彼がいつまでここにいるかわからないし。それに、もし彼が例の場所に辿り着いても……俺たちなら助けられる」

直後、夕陽が三人に差し込み……魔銀《ミスリル》で作られたプレートが、妖しく輝いた。

◆◆◆

翌日。みんなの監視のお陰で、警戒することなくぐっすり眠れた。
体力も回復してバッチリ。今日も張り切って仕事しよう。
『ここ掘れわんわん、ここ掘れわんわん！』
『わっ！　ちょっ、フェンリルもう少し加減して！』
『ご主人様、お下がりください』
ここぞとばかりに頑張ってるな。
最近フェンリルは戦闘もしてないし、体を動かしたかったんだろう。
「いいよ。フェンのお陰で効率よく進んでるから」
『ボクえらい？　えらい？』
「うん。助かってるよ」
『えへへっ、えへへっ』
更に張り切るフェンリル。
土埃はスフィアが除去してるから気にしていないけど、地響きが凄いことになってる。
『ご主人様はフェンリルに甘すぎます』

「そう？　みんなに伸び伸びして欲しいだけなんだけどなぁ」

『ですが、そういうところもお慕い――』

ズゴオオォォォォォッッッ！！！！　ひときわ大きな音が響き、スフィアの声がかき消された。

「ん？　何か言った？」

『……いえ、何も』

え、なんでちょっと不機嫌なの。

スフィアの変調に首を傾げる。と、穴の奥からフェンリルのご機嫌な声が響いた。

『おお！　コゥ、抜けた！』

「抜けた？　何が？」

『穴！　でっかい穴！』

でっかい穴？

みんなと顔を見合わせて首を傾げる。

「……とりあえず行ってみよう」

『念のため、防御フィールドを展開しておきます』

『私は攻撃の準備をするわ』

スフィアを中心にドーム状の薄い膜が張られ、クレアは赤い炎を両手に纏わせた。

それを確認し、穴の奥に進む。

「フェン」

『あっ、コゥ！　ほら見て！』

わかった、わかったから尻尾振り回すのやめて。

フェンリルの尻尾を避けながら穴を覗く。……確かに広い。広大な空間だ。

形状としてはドーム型。天辺に位置する場所には天色に輝く巨大な水晶。そこから、燦々と淡い光が降り注ぐ。

警戒しつつゆっくり歩を進める。

……空気が冷たい。俺たちが開けた穴以外は完全に鉱石で覆われてるのに、息苦しくない。

不思議な空間だ……。

『――におうわね』

「えっ、俺臭い？」

『違うわよ、お馬鹿。この空間のことよ』

空間がにおう？

くんくん。……特に何も感じないけど。

『確かに……ご主人様、警戒を』

『コゥはボクが護る！』

えっ、護られなきゃいけない事態が発生しうるの？

「ね、ねえ、引き返す？」

『ここに入ってしまった時点で、恐らく目覚めさせてしまいました。ここで倒してしまったほうがよろしいかと』
何を目覚めさせたの、俺たち⁉
『安心して、コハク。私たちがいれば、あなたは絶対死なないから』
『はい。ご主人様には指一本触れさせさせません』
『コゥ、任せて！』
「み、みんな……うんっ、頼んだよ……！」
そうだ。俺にはみんながいる。みんながいるから……何も心配はない。
覚悟を決めて周囲を見渡す。
直後。

――ドクンッ――。

空間全体が、鳴動した。
「っ！　これは……！」
『コハク、あそこ！』
クレアが指をさしたのは、天辺に位置する水晶。
見ると水晶が胎動し、まるで卵からかえるように形が変形していく。
頭胸部には目が十二。足が十六本。強靭な顎に堅牢な牙。巨大で、胎動している腹部。

その体は天色の水晶で作られており、一見すると芸術品だ。

が……こいつはそんな上等なものじゃない。

余りにも巨大で実感は湧かないが、このフォルム。

「キシャアアアアアアアアアアアアアアアアアァァァァァッッッ――――!!!!」

――蜘蛛だ。

「え、きも」

何あれ、衝撃的に気持ち悪いんだけど!?

『デス・スパイダー。しかも体が魔水晶でできていますね』

「魔水晶？　魔石とは違うの？」

『魔石とは、魔物の体の中で作られる魔力の結晶体。対して魔水晶とは、魔物が死んで漏れ出た魔力が結晶化したものです。あれほど巨大な魔水晶……恐らく、数千体の魔物の魔力が集まっているのでしょう』

「それが蜘蛛の形をしてるのは？」

『魔水晶をデス・スパイダーが吸収し、変異したものと思われます』

つまりあのデス・スパイダーは、数千体の魔物の魔力を取り込んだ魔物だと。

「これ、まずい？」

『ご安心を。我らの敵ではありません』

スフィアが両腕をデス・スパイダーに突き出す。

手首を折り曲げると、モーター音と共に腕の形が変形。前腕が筒のような形になった。

『あんた一人に美味しいところは持っていかせないわよ』

『わーい！　戦闘！　戦い！』

クレアとフェンリルもやる気満々だ。

『ご主人様、ご命令を』

「……スフィア、クレア、フェン。——殲滅しろ」

『『了解!!』』

◆アシュア・コル・ロウン◆

「「「ッ！」」」

レゾン鉱脈近くで待機していたアシュア、コル、ロウン。

ただならぬ気配を感じ、三人は反射的にレゾン鉱脈の中へ入っていく。

「この気配……まさかっ、危険区域《デンジャラスゾーン》に入ったのか、あいつ!?」

「そのまさかのようですね……！」

「くそっ、判断を誤ったか——！」

危険区域《デンジャラスゾーン》。

探知能力を持つハンターが、世界各地で危険《デンジャー》と定めた区域のことだ。

噴火間近の火山。

人が生身では渡れない大激流の河川。

雨のように雷が降る島。

――そして、強力な魔物が発生する可能性のある場所。

レゾン鉱脈の中に強力な魔物が発生する可能性のある危険区域《デンジャラスゾーン》があると連絡を受けたのは昨日の朝。

奇しくも、既にコハクがレゾン鉱脈に到着した後である。

その後は立ち入り禁止となっていたが、コハクは採掘を始めていた。

本来なら直ぐに出て行ってもらうのが筋だが、レゾン鉱脈の最奥から危険区域《デンジャラスゾーン》まではまだ距離があった。

だからそこまで辿り着くことはない。そう高を括っていたが……その勘は外れた。

「まさか昨日の今日で、六キロの距離を掘り進むなんて――！」

予想外とすれば、コハクにはフェンリルという穴掘り大好きな幻獣種《ファンタズマ》がいたことだろう。

だが、この三人にそれを知る術はない。この判断ミスは仕方のないことだった。

「アシュア、後悔する前に足を動かせ！」

「急ぎますよ！」

「……ああ！」

あぁ、どうか……どうか無事でいてくれ。

そう願わずにはいられなかった。

レゾン鉱脈に突入し、ほんの数分。彼らは最奥に到達した。

「見えたぜ！　あの穴の先から、嫌な気配がしやがる！」

「コル、ロウン！　戦闘準備！」

コルは身の丈ほどの杖を構え、ロウンは鉄甲を嵌めた拳と拳をぶつける。

アシュアも両刃剣を引き抜き、穴の中に飛び込んだ。

「「「――――ぐっ⁉」」」

直後、三人の体を強烈な熱風が襲った。

攻撃、奇襲、罠。様々な可能性が脳裏を過ぎる。

だが、いつまで経っても次の攻撃が来ない。

事態を把握するべく慎重に目を開けると。

「「「なっ……⁉」」」

目に飛び込んできたのは、余りにも巨大すぎる蜘蛛。

腹部はまるで巨大な獣に引き裂かれたように三本の傷跡があり。

頭部は豪炎で焼かれたように爛れ。

十六本あったであろう足は、今なお何者かの攻撃で爆破されている。

見るも無惨な化け物《巨大蜘蛛》の姿。

そしてそれを、腕を組んで冷たい目で見つめる一人の青年。

青年は何もしていない……のに、見えない力が瞬く間に巨大蜘蛛を蹂躙する。

その異様な光景に、三人はただ唖然とするしかなかった。

◆◆◆

おー。やっぱり派手だなぁ、みんな。

『ウオオオオオンッッッ！！！！』

宙を翔けるフェンリルが、魔水晶の腹部を難なく切り裂き。

『豪炎の前に跪きなさい！』

クレアの豪炎が傷付いた腹部の内側と頭部を焼き。

『目標補足。――爆撃《ファイア》』

スフィアのミサイルと呼ばれるものが、十六本の足を順に破壊していく。

俺、見てるだけ。

テイマーとして正しい戦い方なのかはわからない。でも傍から見れば、俺だけサボってるって見られなくもないが……今の俺には、これしかできることがない。

そのまま見てることしばし。デス・スパイダー亜種は、抵抗することも断末魔の叫びを上げることも許さず絶命し、落下してきた。

『弱々！　激弱！』

『これなら、フェンリルだけでよかったわね』

『油断大敵ですよ。……油断してそのまま食われればよかったのに』

『ぬあんですってぇ!?』

『知ってます？　蜘蛛って羽虫を食べるんですよ』

『ぬがあああああ！』

まだまだ余裕そうだね、みんな。

みんなの戦いっぷりは見ていて爽快だ。殲滅、蹂躙って言葉がよく似合う。

さて、デス・スパイダー亜種も倒したし、どうせなら魔水晶でも回収して――。

ガシャッ。

ん？　金属音？

音がした背後を振り返る。あれ、この人たちは……？

「……アシュアさん、でしたっけ？」

それに、コルさんとロウンさん、だっけ。

「ぁ……あ、ああ。そうだ……けど……」

……まさか、今の戦いを見られてた？　それは……ちょっとまずいかもしれない。

この人たちは幻獣種《ファンタズマ》の姿が見えない。それなのにあんな戦いを見たら、何を言われるか……。

俺が警戒したのを感じ、みんなが俺の傍に寄り添い、アシュアさんは剣を鞘に納めた。

「安心して欲しい。君と敵対するつもりはない。……実は俺たちは、さっきの魔物に用があったんだ」

「……何か知ってるんですか？」

「……俺たちと君が洞窟で会った日の朝に、ここは危険区域《デンジャラスゾーン》に認定されたんだ」

「えっ！」

危険区域《デンジャラスゾーン》だって⁉

そんな……じゃあここに来たのが俺たちじゃなくて別のハンターだったら、誰か被害に遭っていたかもしれないのか。

「本当はあの時点で止めるつもりだったが……まさか、君があそこから一日でここまで掘り進めるとは思わなかった。完全に俺の落ち度だ。許してくれ」

「ぅ……えっと、俺も好き勝手掘っちゃったんで、オアイコってことでここはひとつ」

フェンリルを褒めて、調子に乗らせたのは俺だし……。

若干気まずくなって目をそらす。

アシュアさんは苦笑いを浮かべ、「それにしても」と続けた。

「あの化け物を単身で倒すなんて、凄いね」

「ど、どうも」

本当は単身じゃないけど。

みんなのことを言っても信じてもらえそうにないし、ここは黙って――。

「君、噂の幻獣種《ファンタズマ》テイマーでしょ」

――え？

「ど、どうして……？」

「最近テイマーギルドに入った新人で、幻獣種《ファンタズマ》テイマーがいるって噂。バトルギルドにも届いてるよ」

そ、そんなに噂になってるの？

「……何で俺がそうだと？」

「昨日会ったとき、君はテイマーギルドのブローチを付けていたのに、近くに使い魔がいなかった。それが切っ掛けで、確信したのはたった今。あの化け物《巨大蜘蛛》を圧倒した火力……間違いなく、見えない何かがいると思った」

なるほど……さすがバトルギルドのシルバープレート。洞察力も半端じゃないみたいだ。

「……その通りです。俺は幻獣種《ファンタズマ》テイマー。今はトワさんのテイマーギルドでお世話になっています」

「やっぱり！　いやぁ、まさかこんな所で伝説の幻獣種《ファンタズマ》テイマーに会えるなんて！」

アシュアさんは興奮してるのか、目を輝かせて近付いてきた。

「お近づきに、改めて自己紹介させてくれ。俺はアシュア・クロイツ。バトルギルド所属の剣士だ」

「僕はコル・マジカリア。同じくバトルギルド所属の魔法師です」

「俺ぁロウン・バレット。同じくバトルギルド所属の拳闘士だ、よろしくな！」

「は、はい。俺はコハクです」

一人ずつ握手していく。そうしてわかったが、この人たちとんでもなく強い。シルバープレートとは思えないな。

「……それにしても、危険区域《デンジャラスゾーン》にシルバープレートのみなさんが来るなんて、やっぱりバトルギルドの人たちはレベルが高いんですね」

「……シルバープレート？」

首を傾げる三人。あれ？　違った？

「はははは！　暗いからわかりづらかったかな。俺たち三人とも、ミスリルプレートだよ」

「え」

魔銀《ミスリル》？

チラッとブローチを見る。……確かに暗くてわかりにくいけど……シルバーとは違う気がする。

て、ことは……。

「ば、バトルギルド、ミスリルプレートのハンター!?」

「がはははは！　やっと気付いたか！」

ロウンさんが豪快に笑う。

いや笑いごとじゃない。バトルギルドは、戦闘職を集めた最強のギルドだ。

その中でミスリルプレートと言ったら最強の称号。最強オブ最強の証だ。

まさか、この三人がミスリルプレートだったなんて……！

「す、すみませんっ。失礼なことを言ってしまって……！」

「はは、気にしないでくれ。それに、いずれ君には会いに行こうとしていたんだ」

「……俺に、ですか？」

「ああ」

アシュアさんは再び手を差し出し、にこやかな笑みを浮かべ。

「コハク君。バトルギルドに入らないかい？」

そんなことを言い出した。

「……それは、勧誘ってやつですか？」

「またの名をヘッドハンティングとも言う」

悪びれもなく言うな、この人。

ギルド間同士の勧誘、引き抜き、ヘッドハンティングは往々にしてある。より高額で、より高待遇で迎えることで、ギルドの利益にするためだ。

ハンターも一人の人間だ。人間には人権があり、権利がある。

誰がどこのギルドに所属するか。それは本人の自由意思に依存する。

もちろん、剣士ギルドには剣士職しか入れないし、魔法師ギルドには魔法師職しか入れないという制約はある。

だけどバトルギルドは違う。戦闘職で、強ければ入れる。単純で簡潔。それがバトルギルドだ。

アシュアさんは、極めて真面目な顔で話を続けた。

「バトルギルドは、君と年俸契約を結びたいと思っている」

「年俸契約？」

「白金貨五十枚。更にミスリルプレートのポストを約束する」

「白金貨五十枚に、ミスリルプレート」

白金貨五十枚というのは、普通じゃ稼げない金額だ。

プラチナプレートでも、死に物狂いじゃないと稼げない。

ミスリルプレートなら問題ないが、死ぬリスクがプラチナプレートの十倍だと言われている。

そんな金額が、無条件に転がり込んでくる。

それに加えて、最強の称号であるミスリルプレートのポストを確約した。

ヘッドハンティングの観点からすれば悪くない……いや、高待遇すぎる条件だろう。

「当然、依頼をこなせばその分の依頼達成料も支払う。どうだい？」

ということは、最低白金貨五十枚は手に入り、それ以上の額も稼げる、と。

……………。


「お断りします」


「――理由を聞いてもいいかな？」

俺の言葉に、アシュアさんは顔色ひとつ変えない。

「今の俺は、トワさんが認めてくれたからここにいられます。彼女を裏切るような真似は、絶対にで

きません」

「そうか、残念だよ」

「そう見えませんが」

「本当さ」

……食えない人だ。

結局、アシュアさんたちは何も採らず、レゾン鉱脈を出ていった。

『コハク、よかったの？　向こうに行けば、お金には一生困らないわよ』

「いいんだよ。別に俺は、お金のために働いてるわけじゃないから」

『なら何のために？　生きる上でお金は必要よ？』

……何のため、か。

「強くあれ、雄々しくあれ。正しくあれ、誠実であれ……そんなところかな」

『……ふーん。あんたがそれでいいなら、私たちは何も言わないわ』

「ああ。……それじゃ、デス・スパイダーのから魔水晶を採取しようか」

◆アシュア・コル・ロウン◆

「全く、アシュアも人が悪いですね」

レゾン鉱脈を出てしばし。

荒野の真ん中で、コルが見透かしたような笑みで口を開いた。

「何が？」

「確かにギルド間での引き抜きはよくあること。でも……バトルギルドでは、それはご法度です」

バトルギルドは、血の気の多い人間が集まる魔窟だ。

本人の意思で覚悟を持って入らない限り……大抵のハンターは、一週間で音を上げる。

アシュアも、それは重々承知していた。

コルの隣を歩いていたロウンも、頷きながら口を開く。

「アシュア、お前さんはあいつを試したんだろ？　力があり、金や名誉に目が眩むような人間かどうか」

「……コルとロウンには、隠し事はできないなぁ」

あっさり自白した。

確かに、アシュアはコハクの人間性を試すためにあんなことを言った。

欲に目が眩む人間は、自分の力に溺れ、道を踏み外すことがある。

幻獣種《ファンタズマ》という最強の魔物を使役している人間がどんなやつなのか……アシュアはそれを知りたかったのだ。

「ですが、杞憂でしたね」

「ああ。彼は欲に目が眩まず、自分の意志を貫いた。だから心配することはないだろう」

「だがよ、もし誘いに乗ったらどうしてたんだ？」

ロウンがふとした疑問を口にする。

バトルギルドはヘッドハンティング厳禁だ。それはミスリルプレートだろうと変わらない。

もしコハクが頷き、実は嘘でしたなんて言えば……彼は傷付くだろう。

だがアシュアは、なんでもないような微笑みで答えた。

「彼と共に仕事をしたいと思ったのは本当だ。もし彼が頷いたら、マスターに全裸土下座でも靴舐めでもして受け入れてもらってたさ」

「……ふふ。惚れてますね、彼に」

「あの力を間近で見せられたらな」

今でも思い出す、デス・スパイダー亜種を圧倒した力。

アシュアはあれを思い出し、自分も精進しないとな……と人知れず覚悟を決めたのだった。

◆ブルムンド王国◆

ブルムンド王国女王、カエデ・ムルヘイム。

彼女は神託を信じ、国有地へと神殿と祭壇を作ることを命じた。

魔法師ギルドや鍛冶師ギルド総出で作ること三日。急な申し出にもかかわらず、こうして国内最大規模の神殿を作り上げた。

ステンドグラスには大地の神ガイアが描かれている。

東から昇った太陽がステンドグラスを透過し、神殿内を虹色に照らした。

神殿内には、白い衣装に身を包んだカエデが一人。

祭壇に捧げているのは、旬の野菜や果物。それを前にして、膝をついて祈りを捧げていた。

祈りとは、願い。ただ母国の幸せを願う。

今この国にいる全ての人間が、何者にも害されず幸せになることを心の底からそれを祈った。

祈り続けること数時間。

直後、祈るカエデの頭上から、暖かな光が降り注ぐ。

陽の光ではない。

いつも夢で感じていた。超常の存在が現れる時に感じる、あの光だ。

『ブルムンド王国女王、カエデ・ムルヘイム。我らの願いを聞き入れてくださり、感謝致します』

「もったいなきお言葉でございます、ガイア様」

『ふふ。……では神託を授けます。手を出しなさい』

「はい」

言われるがままに、手を前に出す。

ガイアがその手の上に自分の手をかざすと、小指の先くらいの種が現れた。

『この種を、西にある貧困に喘ぐ村に植えなさい。あなたの手で』

「はい。……失礼ですが、これは?」

『ふふ。ひ、み、つ、です』

（なんだそれ）

『だから秘密なのです』

（心読まれた……！）

ガイアはほほえみ、まるで空気に溶け込むようにして消えた。

まるで白昼夢のような現象。だが、カエデの手の平に残された種が、これは現実だと裏付けていた。

「西の村……ミラゾーナ村ですね」

あの土地はやせ細り、作物の栽培が難しい場所だ。

それでも彼らが住んでいるのは、あの村には伝説が残っているからだ。

歴史上の大英雄、剣聖リューゴが生まれた村。

それを後世に残すために、彼らは今日も必死に生きている。

そんな彼らを、この種が救えるのなら……。

「……誰か、誰かいませんか！　これよりミラゾーナ村へ出発します！　急ぎなさい！」

「じょ、女王陛下っ。ですが今日は月に一度のお茶会が……！」

「あんな他人の顔を窺うだけのクソ行事《お茶会》はキャンセルです！」

「ええ!?」

自分には使命がある。この国の人を幸せにする使命が。

そのためには、超常の存在の力は必要不可欠。

あの存在のへそを曲げることは、許されない。

言いしれぬ恐怖を感じつつも、カエデはミラゾーナ村へと急ぐのであった。

◆ターコライズ王国◆

「神よ……神よ、神よ、神よ……！」

場所は変わり、ターコライズ王国の神殿。

すっかり痩せこけてしまった国王は、祭壇に作物を捧げて必死に祈っていた。

背後には教祖が。貴族の当主が。各ギルドのギルドマスターが。

跪き、ただただ祈りを捧げている。

しかし……何も起こらない。

いつも起こり得る超常現象が、何も起こらない。

「何故ですか、神よ……！　何故我らを見捨てたのですか……！」

絶望。これを絶望と言わずになんと言う。

ここにいる全員、神の怒りに触れた覚えはない。
・・・これっぽっちも、ない。
しかし――それは突然起こった。
『何故見捨てたのか、ですか。それはあなた方がよくわかっているのではないですか？』

「っ！　お、おおっ、神よ……！」

突如現界した超常の存在。

大地の神ガイアは、感情の読み取れない無の表情をしていた。

「神よ、お教えください！　何故我らを捨てたのですか……！」

『……この国には、ある一人の少年がいました』

「……はい？　何を……？」

『黙って聞きなさい』

「申し訳ございません！」

国王の渾身の土下座。

だが、ここにいる誰もがそれを咎めなかった。

何故なら、目の前にいる存在のほうが、圧倒的に格が上だからだ。

ガイアはそんな国王を見下ろしつつ、話を続ける。

『……その少年は、ハンターになるべく様々なギルドを回っていました。しかしギルドの人間は、彼を【嘘つき】と蔑み、【無能】のレッテルを貼り、【門前払い】した……この言葉の意味、わかりますね？』

ガイアの目が、背後にいるギルドマスターに向けられる。

国王もそれに釣られて後ろを見る。

「な……お、お前たち……？」

「「「……ッ」」」

後ろに控えるギルドマスターたちの顔が真っ青になっている。

脂汗を流し、目を見開き、唇を噛み締めている。

彼らには、思い当たる節があった。

自らを幻獣種《ファンタズマ》テイマーと偽っていた、あの男。

天職カードで、彼がテイマーだということは確認できた。

だがその側には、テイムした魔物……使い魔がいなかったのも事実。

それを、【嘘つき】と、テイムできない【無能】の戯言だと決めつけ、【門前払い】した。

大地の神ガイアは、彼を知っている。そして、そのことについて激怒している。

それを明確に理解できた。

『彼が今どこにいるのか……それをお教えすることはできません。ですが、あなた方の勘違いを一つ改めようと思いまして』

「勘違いですか？」

『ええ。この国は衰退しているのではありません。あるべき姿に戻っているのです』

「あるべき姿……？」

『以前までは我らが千に及ぶ超常の存在が、この国へ集結していました。その恩恵がなくなった……それだけなのです』

ガイアが国王に向けて微笑みかける。

『これからは、あなた方がこの国を豊かにするのです』

「……承知しました。身命を賭して、この国の復興をお約束いたします」

『期待していますよ』

空気に霧散するようにして消えるガイア。

それを見送った国王は立ち上がり、振り向くと。

「どういうことか……説明してくれんかね？」

「「「「ッ……！」」」」

ギルドマスターたちは話した。

この七年間、ギルドに入ろうとして国中を駆け巡っていた、あの男のことを。

それを聞いた国王は、眉間に青筋を浮かばせながら静かに口を開いた。

「俺はこの国を愛し、お前たちを信用している。が……貴様らの目の節穴具合には、呆れて物も言えん。……その男を探せ。この国へ連れ帰るのだ」

「「「「ハッ！」」」」

「これは貴様らのミスだ。次はない。次過ちをおかしたらどうなるか、よく考えておくことだ」

ギルド解体。左遷。最悪、死刑。

そんな考えが頭を過った。

「「「「ハッ！」」」」

何がなんでもあの男を連れ帰る。
……どんな手を使っても。

第四話　魔法武器

あの後、上質な鉄鉱石を麻袋十五袋分。魔水晶を五袋分採掘し、予定通り三日目の夕方にはアレクスへと戻ってきた。

フェンリルの背を見る。二十袋分乗せてるけど、フェンリルの足取りは軽やかだ。

「フェン、重くない？」

『よゆー！　全然よゆー！』

絶対一トンとか超えてると思うんだけど……幻獣種《ファンタズマ》の力は計りしれないなぁ。

「これだけあれば、ギルドの鉄鉱石不足も解消するよね」

『はい。さらに魔水晶は、魔法武器の材料になりますからね。換金すれば、かなりの額になるでしょう』

「魔法武器？」

『魔法の力を内包した武器です。《ファイアーボール》を内包した剣は、振れば魔力を使わずに《ファイアーボール》を撃てます』

へぇ。そんな便利な武器もあるのか……今後のために、俺も一つは持っておこうかな。これだけ魔水晶もあることだし。

……っと、まずは依頼達成報告と、鉄鉱石の換金をしなきゃ。

「サリアさーん、戻りましたー」

「あっ、コハクさん！　どこに行ってたんですか！」

俺を見たサリアさんが、慌てて近付いてきた。な、何？　何をそんなに慌ててるの？

「道中捜しても見つからなくて……でも戻って来てくれてよかった……」

「どうしたんですか？」

「実は、レゾン鉱脈の奥で危険区域《デンジャラスゾーン》が見つかりまして。なんでも、強力な魔物が現れる可能性があるとか」

ギクッ。

「そ、そうですか」

「ええ。今、バトルギルドのミスリルハンターが討伐に向かっているそうです」

ミスリルハンター。アシュアさんたちのことか。

そう言えば、ここからレゾン鉱脈までは馬車で片道五日も掛かる。

それなのに、彼らはもうレゾン鉱脈にいた。さすがバトルギルド、ミスリルプレートのハンター。

移動速度も尋常じゃない。

アシュアさんたちのことを思い出していると、サリアさんはホッと息をついた。

「ですが、戻って来てくれてよかったです。出発して今日で三日目。道中で引き返してきたんですよね？」

「……」

「……なんで目を逸らすんですか？」

「いやぁ、その……」

「むむむ？　怪しい……大変怪しいですよ、コハクさん」

ち、ちかっ、近いですって……！

うわっ、ちょ、いい匂いすぎ……！

『ぐむむむ！　ご主人様、鼻の下伸びすぎです！』

『あんたっ、こんな可愛い私がいるんだから、今更別の女に鼻の下伸ばしてんじゃないわよ！』

わかった、わかったから目の前で飛び回らないでくれ！

「……あれ？　コハクさん、服に鉄鉱石の欠片が付いてますよ」

「うそっ。ここに来るまでに全部取り払ったんだけど」

「嘘です」

「……」

「嘘です」

「……あは♪」

「事情聴取」

「……はい」

ギルド奥の応接室に通され、聞かれたことに素直に答えていくと。

「はいぃぃ!?　危険区域《デンジャラスゾーン》に出たデス・スパイダーを倒したぁ!?」

サリアさんは前のめりになって大声を上げた。

「ええ、まあ……。正確には俺じゃなくて、みんなですけど」

俺の隣でドヤ顔をしているみんな。

それを指さすと、サリアさんはあぁ……と納得した。

「幻獣種《ファンタズマ》の皆さんですか。なるほど、そういうことですか。それなら納得……なわけないじゃないですかぁ！」

「うわっ⁉」

バンバンバンッ！

テーブルを叩いて威圧してくるサリアさん。ドラミング威圧やめてください、怖いから。

『ちょっ！　あんた何言って――』

「シャーーーラッッップ‼」

『ひぅっ……！』

あ、圧が凄い。あのクレアもたじたじで涙目だ。

「って、まさか見えてます？」

「見えてません。ですが、話の邪魔をされそうだったので」

勘がいいな、この人。

確かにあのままじゃあ、クレアたちが話に割って入ってきて聞き取れなかっただろうし。

「はぁ……いいですかコハクさん。今回は何ともなくてよかったですが、ハンターというのは常に死と隣り合わせ。死と同衾してるような職業なんです」

「何ですかそのパワーワード」

「黙りなさい」

「ごめんなさい」

だからそんな龍種《ドラゴン》みたいな目で睨みつけないで。

「死と隣り合わせだからこそ、危険予知や危機察知能力を高めないといけません。危険だと感じたら、逃げることも大切です。あなたの命はあなただけのもの。世界でたった一つなのです。わかりましたか？」

「……はい、サリアさん。ありがとうございます」

「……うん、よろしい。ごめんなさいね、怒ってしまって。……もう、死に逝くハンターは見たくないんです」

ぁ……そうか。彼女はギルドの職員。今まで何人も、ハンターが死んだという報告を受けてきたんだろう。

こんな過剰な反応も、その悲しみの裏返しなんだ。

……どうしよう。すごく……すごく嬉しい。

トワさんからは、労いと期待と応援を。そしてサリアさんからは、心配を貰った。

今まで俺の中になかったものが、ここ数日で満たされていく。充足していく。

これが、幸せっていうんだろうな……。

この気持ちを逃がさないよう、胸の辺りをキュッと押さえる。

と、サリアさんは手を叩いて空気を変えた。

「さてっ！　レゾン鉱脈帰りということは、鉄鉱石を採掘してきたんですよね！　早速納品しますか？」

「ああ、はい。お願いします。スフィア、頼む」

『畏まりました』

スフィアが、フェンリルの背に乗っている麻袋を部屋の隅に積む。

「……ん？　……え？　……えと……？　……………」

積み上がるに連れ、サリアさんの顔色が蒼白になる。

それでもまた一つ、また一つと積まれ。部屋の隅に十五袋の麻袋が現れた。

「これが、依頼の鉄鉱石になります」

「……すご……こ、これ全部……ですか？」

「はい。それと」

「まだあるんです!?」

「え？　ああ、はい。むしろこっちが本命というか」

鉄鉱石の麻袋の山。その隣に、別の山が築かれた。

「これは何ですか？」

「魔水晶です」

「……へっ？」

「危険区域《デンジャラスゾーン》で倒したのは、魔水晶を取り込んだデス・スパイダーでして……討伐後に、採れるだけ採ってきました」

麻袋の袋を開けて見せる。

天色の光を放つ魔水晶。それが無数に入っていた。

「あ、魔法武器ってやつを作りたいので、少しだけ貰っていきますが……あとはギルドに納品しますね」

「…………」

「……サリアさん？」

「……きゅぅ～」

ばたり。気絶した⁉

「さ、サリアさん！」

『怒ったり、怖かったり、驚いたり、気絶したり……忙しい人間ね』

『クレア、漏らした？　漏らした？』

『も、漏らしてないわアホ犬！』

『でも若干染みてますよ』

『んな⁉』

『嘘です。ぷぷ』

『ぐににに……！』

君たち自由だな!?

◆◆◆

「お、お騒がせしました」

「いえ。こちらこそすみません」

あれから直ぐに目を覚ましたサリアさん。

何度か咳払いをし、改めて鉄鉱石と魔水晶の山を見た。

「凄い量ですね、これは……」

「頑張りました」

「頑張りすぎでは？」

調子に乗りすぎた感は否めないです。

「これだけあれば、ギルドの鉄鉱石不足は解消されますか？」

「もちろんです！　向こう一年は、鉄鉱石不足に悩まされずに済みそうですよ！」

よかった。頑張ったかいがあったってもんだ。

サリアさんは鉄鉱石を手に取り、満足気な顔で頷いた。

「これも、これも、これも。全部上質な鉄鉱石ですね。さすがコハクさん。採取クエストの巨匠です！」

　そんな称号嫌すぎる。

『よかったわね、巨匠！』

『きょしょー！』

『おめでとうございます、きょしょ……ご主人様』

　黙らっしゃい。

「では、鑑定に回します。数が数なので、二時間ほどお時間が掛かると思います」

「わかりました。魔法武器用に魔水晶を少し貰っていきますね」

　と言っても、何の武器にどれだけの魔水晶がいるのかわからないな……。

「スフィア。俺に見合った武器のサーチと、その分量の魔水晶を確保してくれ」

『畏まりました。これからご主人様の体をスキャン致します』

　スフィアの目が光り、足元に現れた魔法陣が脚、体、腕、首、頭と上昇していく。

『スキャン完了。筋肉、骨、関節、柔軟性、その他諸々の項目を数値化。及び成長率を逆算。――片手剣が最適かと』

　片手剣……使ったことないけど、大丈夫かな。

　ちょっと危ない気がするけど……スフィアのスキャンは正確だから、それを信じるか。

「じゃあ、片手剣用に魔水晶を取ってくれ」

『かしこまりました。念のため、鉄鉱石も用意しましょう』

鉄鉱石をいくつか。魔水晶を一欠片手に取り、受け取った。

これだけで片手剣を作れるのか。

初めて作るマイ武器だし、少し心配だけど……ま、大丈夫だろ。

「ではサリアさん。二時間後にまた来ます」

「はい。お待ちしています」

サリアさんにここを任せて、ギルドを出る。

次はいよいよ魔法武器だ。

「スフィア。魔法武器を作れる鍛冶屋で、ブルムンド王国内で一番腕のいいところを検索してくれ」

『はい。……出ました。ここから南西の方角に鍛冶の街フランメルンがあり、そこにいるザッカスという男が国内最高の鍛冶師です』

鍛冶の街フランメルン、ザッカスさんか。

フランメルンの噂は聞いたことがある。

この国の鍛冶師ギルドがあり、常に最新、常に最高の一品を制作する鍛冶師たちが集まる街らしい。

ただ、昔ながらの職人気質というか、とにかく頑固な人が多いのだとか。

その中でも最高の腕を持つザッカスさん……どんな人なんだろう。

「……考えても仕方ないか。みんな、フランメルンに向かおう。フェン、お願いね」

『お願いされた！　任された！』

俺たちは人気のない路地でフェンの背中に乗り、フランメルンへ向かって空を翔ける。

アレクスの街からフランメルンへは馬車で半日ほど掛かる。だがフェンリルの足に掛かれば、五分くらいで着いてしまった。

「おお……ここが鍛冶の街フランメルン……！」

至る所から鉄と炭の匂いがする。

とんてんかん、とんてんかんと小気味のいい音も、耳に心地いい。

鍛冶屋の前には武器や防具が陳列されていた。

ハンターたちだろうか。並んでいる装備を見て、あーでもないこーでもないと賑わいを見せている。

『いいわね、活気があって！　私、こういう元気な街って好きよ！』

「ああ。まるで装備品のフリーマーケットみたいで、ワクワクするな」

せっかくだし少し見て回ろう。ザッカスさんの工房の場所は、予めスフィアに調べてもらってるし。

あっちをキョロキョロ。こっちをキョロキョロ。

俺には違いなんてよくわからないけど、武器も防具も様々な形をしている。

三日月のようにカーブしている剣。

蛇のように波打っている剣。

俺よりでかい大斧。

金ピカな防具。

全身トゲトゲしている鎧。

多種多様。色んな需要があるみたいだ。

……あれ？　なんだろう、あそこだけ人が集まってる。

『何かしら？』

「行ってみよう」

人だかりが何かを見て歓喜の声を上げ、拍手を送っている。

人と人の隙間から覗き込むようにして見ると、人だかりの中心には、ハンターらしき男が立っていた。

その手には一本のバスターソードが握られているけど……なんだ、あれ。赤く光ってる？

『ご主人様、あれが魔法武器です』

「えっ……!?」

あ、あれが……！

男が剣を振り上げ、木でできた人形に正対すると。

「……いやあああああっ！」

気合一閃。バスターソードを振り下ろす！

振り下ろされて一瞬の間が空き、木の人形が左肩から右腰に掛けて両断され……切断面から、炎が燃え上がった。

す、すげぇ……！

野次馬から上がる歓声と拍手。魔法を使っていないのに、切断面が燃えたっ、これぞ正に魔法武器！

「凄い凄い！　魔法武器かっこいい！」

これは俄然、ザッカスさんの作る魔法武器が気になってきた！

『ふん、何よっ。あれくらい私にもできるわ』

『むしろ火精霊なのにできなかったら、本当にただの羽虫ですね』

『むかちーーーん！』

「ほら、言い争ってないで行くよ！」

魔法武器♪　魔法武器♪

フランメルンの地図を見ながら、ザッカスさんの工房へと走る。

ここを右に曲がって、左に曲がると……あっ、あれだ！

看板にも、【ザッカス工房】って書いてある！

おお……何かそれっぽい。

寂れた雰囲気の建物に、壊れた手すりや階段。壁に穴が開いていて、蜘蛛の巣もかなり張られている。

『……何かボロくない？』

「クレア。お前は何もわかってない。こういうのを趣があるって言うんだよ」

『そうかしら……？』

そういうもんなの。

扉の前に立ち、ノックを数回。

「あの、すみません！」

………あれ。反応がないな。

「すみません！　武器製作を依頼したいんですけど！」

………。

またも反応なし。聞こえてないのか？

……そうかもしれない。作業に没頭しすぎて、周りの音が聞こえてないんだきっと。さすがブルムンド王国最高の鍛治職人だ。

ゆっくりドアノブを回すと……鍵が掛かっていない。開いてるみたいだな。

「お、お邪魔します……！」

失礼かとは思ったが、まずは話をしないことには先に進まない。

オープンザドア！

メキョォッ――――！！！！

……え？

異音のしたほうを向く。

と、壁に突き刺さっていた金槌が音を立てて床に転がった。

………え？？？

「誰だァ……？」

暗い部屋の奥から、底冷えするような重い声が聞こえる。

この声のヌシが、ザッカスさん……？

「あ、あの……武器を作ってもらいたくやって来ました！　アレクスのテイマーギルド所属、コハクと言います！」

「……ギルド……テメェクソガキ、ハンターか？」

「は、はい。なので武器を――」

「死ね」

「――作って……え？」

今……え？　死ねって言われた、俺？

部屋の奥から、床が軋むような音と共に影が近付いてくる。

その人の第一印象は、巌のような人だった。

俺の身長を軽々超える巨躯。筋骨隆々な肉体。腕も脚も丸太のようだ。眼光は鋭く、顔に刻まれた無数の傷が痛ましい。

が、顔色は赤く手には金槌じゃなくて酒瓶が握られている。酔ってるのか……？

「あ、あなたが、ザッカスさん……？」

「おうよ。俺ァザッカスだ、死ね」

語尾に死ねって付けないでくれますか。結構傷つくので。

ザッカスさんは酒瓶を煽り、怒りをぶつけるように床に叩き付ける。

その剛力で、酒瓶は粉々に砕かれた。

「俺ァな……テメェらハンターってやつが心底！　死ぬほど！　殺したいほど！　大っっっっっっっっ嫌いなんだよォォォォオオ！！！！」

腹の底から吐き出すように叫ぶ。

その顔は、憎悪と憤怒で歪められていた。

◆◆◆

場所は変わって、フランメルンの酒場。そこで一人やけ酒なう。

理由は単純。ザッカスさんについてだ。

一言話せば『死ね』。

二言話せば『死ね』。

三言話せば金槌投擲。

取り付く島もありゃしない。

「ずーーーーーん……」

『ご、ご主人様っ、元気を出してください！』

『そうよ、別にあんなやつに頼まなくたっていいじゃない』

『どうする？　咬み殺してくる？』

やめなさい。

でも……せっかくだから国内最高の魔法武器が欲しかったなぁ。

何か理由があって、武器を作らなくなっちゃったのかも……。

「何があったんだろ、ザッカスさん……」

「なんだぁ？　おいあんちゃん、ザッカスんとこの客かい？」

「え？」

隣の席のおっさんが話しかけてきた。

白髪のオールバックが特徴的で、肌は浅黒い。ザッカスさんと比べても遜色ないほどの巨漢だ。

「はい、そうですが……失礼ですがあなたは？」

「俺はコトリってんだ」

見た目に反して可愛い名前。

コトリさんは相当酔っているみたいで、呂律が怪しいがザッカスさんについて話してくれた。

「あんちゃん、悪いことは言わねぇ。あいつはやめとけ」

「……何でですか？　あの人、国内最高の鍛治職人だって聞いたんですけど」

「昔は、な」

昔は？

「どういうことですか？」

「おっと、これ以上は……」

と、人差し指と親指で輪を作った。

なるほど金か。情報提供料を払えと。仕方ない。

銀貨一枚をカウンターに置く。

「おほっ♪　あんちゃん、ブロンズなのに結構持ってんね！　じゃ、教えてやるよ」

グラスに入った酒の残りを一気に煽り、酒臭い息を吐くコトリさん。

だが、その目は遠いところを見つめ、どこか憂いを帯びていた。

「ザッカスはな、打てなくなっちまったんだ」

「……打てなくなった？　武器をですか？」

「ああ。あいつの専門は剣。ザッカスの名の入った剣は、一昔前では一本白金貨一枚で取引されていた」

「白金貨一枚……!?」

とんでもない額だ。下手なゴールドプレートのハンターより稼いでる。

ただ、金を積んでも手に入れたいと思わせるほど、ザッカスさんの剣には魅力があったんだ。

「実際、あいつの剣は最高の一言に尽きる。頑固一徹なこの国の職人も、あいつの腕は認めていた」

「そんなにですか……是非見てみたいですね。どこかに売られてないんですか？」

「ああ。表に出てるやつは、あいつが全部壊したからな」

……は？　壊した？

……白金貨一枚する剣を壊した!?

「な、なんで……!?」

「……こっからはよ、俺が言ったって誰にも言わないでほしいんだが……」

「……約束します」

「悪いね。……あのオヤジよ、息子がいたんだ」

いた。過去形。それが意味することは、俺でも理解できた。

「あんちゃん、歳は?」

「今年で二十になります」

「ザッカスの息子も、生きていたらあんちゃんと同い歳だな」

店員さんに酒のおかわりを頼み、ツマミの肉を食べる。

「死んだのは三年前。ザッカスの息子、ダッカスはバトルギルドのハンターだった」

「バトルギルド……」

「十三歳で剣士の天職を得て、そのままハンターになった。当初あの頑固オヤジとダッカスは、そりゃあ大喧嘩をしたってもんさ」

つまりは、鍛治を継ぐと思っていた息子さんがハンターになり、そのまま死んでしまった、と。

だからあの人は、ハンターをあそこまで嫌ってるのか……。

「二人は喧嘩別れした。だがザッカスは、毎日ギルドの発行している新聞を見ていたよ。あれには、死亡者リストも載ってるからな。やっぱり心配だったんだろうよ」

親の心ってやつか。愛情深い人なんだな、ザッカスさんは。

「だけど、その日は訪れた」

頼んでいた酒がカウンターに置かれ、口内を潤すように煽る。

「……ギルドの死亡者リストに、ダッカスさんの名前が載ってたんですね」

「……ああ。死体も運ばれてきた。ただ、要点はそこじゃない」

コトリさんは一瞬ためらったような顔をし、ゆっくり口を開いた。

「ダッカスの体には、斬撃痕があった。つまり魔物に殺されたんじゃない。同じ人間に殺された……恐らくだが、俺たちはハンターに殺されたと見ている」

「っ！　そんな……まさか……!?」

「俺たちは鍛冶職人だ。剣での攻撃かどうかなんて、見間違えることはない。……だが超一流の職人になると、斬撃痕からどんな得物が使われたか推測できる。そしてザッカスは、超が三つくらい付く一流の職人だ。直ぐにピンと来ただろうさ」

……え……それは……。

コトリさんは僅かに顔をしかめ、そして。

「……ダッカスを斬ったのは、ザッカスの剣だった」

「――――ッ」

予想していた中で、最も嫌な予想が的中した。

自分の息子を、自分の剣が斬った。

自分の剣が、息子を殺した。

つまり——自分が息子を殺した。

そう思うのも無理はない。俺が同じ立場だったら……恐らく、そう考えていたと思う。

「それから、ザッカスは剣を打たなくなっちまった。いや、打てなくなっちまった」

「そんなことが……」

「ダッカスがなったハンターを、ダッカスを殺したハンターを……そして何より、ダッカスを殺したと思っている自分を死ぬほど恨んでいる。だから、あいつはやめとけと言ったんだ」

「……」

……何て言えばいいのかわからない。

とんでもない事情を聞いてしまった、というのが正直なところだ。

まさか、自分の剣が息子を殺すなんて……思わなかったんだろう。

「……コトリさん、お話を聞かせてくださり、ありがとうございました。急用を思い出したので失礼します」

「おう。またな、あんちゃん」

店員さんに金を払い、酒場を出る。

時間は夕方。そろそろ約束していた二時間が経つ。一度、ギルドに戻るか。

フェンリルの背に乗り、空を翔けてアレクスの街へ向かう。

『ねえコハク。さっきの話、本当かしら？』

「……わからない。この後、アシュアさんを訪ねてみようと思う」

『あの優男ね。確かにバトルギルドのハンターだし、何か知ってるかも』

「うん。多分、もう戻ってきてるんじゃないかな」

アシュアさんたちは、レゾン鉱脈が危険区域《デンジャラスゾーン》になった数時間後には、現場に着いていた。

つまりそれだけ短時間で移動できる手段を持っているってことだ。

「フェン、まずはテイマーギルドだ。頼むよ」

『うん！』

フェンリルが、一層速く翔ける。

数分後には、俺たちはテイマーギルドへと戻ってきていた。

「お待たせしました、コハクさん」

「あ、いえ」

ギルドに戻り、サリアさんに連れられて応接室へ入る。

かなりの額になったみたいで、人前では渡せないらしい。

いったい、どれくらいになったんだろう。

ちょっと楽しみに待っていると、奥の扉から別の職員の方が入ってきた。

手にはフラットトレイがあり、その上に見たことないほどの金貨の山が……。

「こちら上質な鉄鉱石九百キロを換金しましたので、白金貨一枚、金貨八十枚となります」

「白金貨一枚に金貨八十枚⁉」

「鉄鉱石は一キロあたり銀貨五枚が相場ですが、上質な鉄鉱石は一キロあたり銀貨二十枚になりますので」

なんてこった。ブロンズプレートなのに、ゴールドプレート並に稼いでしまった……！

「……待ってください。これが鉄鉱石分の換金額ということは……」

「はい。続いて魔水晶の換金になります」

続いて別の職員が入ってくる。同じく手にはフラットトレイ。

だけど、さっきみたいに金貨の山はできていないな。

「魔水晶の相場は、一キロあたり金貨一枚。それが三百キロありましたので、白金貨三枚になります」

「はがっ……⁉」

変な声出た。

だって白金貨三枚だよ！　合計白金貨四枚、金貨八十枚だよ！　世間一般に見れば、かなりの金持ちだ！　ザッカスさんの魔法武器なら四本！　家なら少し大きめの家が買えるくらい！

と、とんでもないことになってしまった……！

……これは、採取クエストの巨匠と呼ばれても否定できなくなった。

「更にレゾン鉱脈採掘クエストの依頼達成料として、銅貨八十枚です」

「ありがとう、ございます……」

もはやネタとしか思えない、目の前に積まれたお金の山。ドッキリか何かかと疑ってしまう。

サリアさんたちが三つの麻袋に白金貨、金貨、銅貨を分けて入れてくれた。

「お待たせしました。お持ちくださいませ」

「は、はい……」

ズシッ。うっ、重い……。

三つの袋をスフィアに渡すと、恭しく受け取った。どうしよう、このお金。

……いや、今はそれどころじゃない。

アシュアさんたちはもう戻ってるだろうし、早くバトルギルドへ向かおう。

「サリアさん、ありがとうございました。それじゃ、これで」

「あっ、まだお話が……！　……行ってしまいました。もう、せっかちさんですねっ」

◆◆◆

テイマーギルドを飛び出し、バトルギルドに向かう。

場所はさほど離れていない。大通りを三つほど横切った場所だ。

だけど……なんだか人通りの人相というか、雰囲気が違う。

テイマーギルドのある通りは、みんなほんわかした雰囲気だ。たまにガラの悪い人もいるけど、それはハンターだから仕方ないだろう。でもここは違う。

「ってぇな。ぶつかってんじゃねぇよクルァ！」

「テメェがぶつかったんだろゴルァ！」

「だーかーら！　まけろっつってんだろクソジジイ！」

「じゃかあしゃあ小娘！　買わないなら帰れ！　死ね！」

老若男女、ガラが悪い。

こんなところにバトルギルドあるの？　ターコライズ王国のほうがまだ治安はよかったよ。

「イッヒッヒ。お兄さん、見ない顔だね」

「……えっ。あ、俺ですか？」

突然、腰の曲がった老婆に話し掛けられた。

「イッヒッヒ。お兄さん、疲れてるね」

「そう見えます？」

「ああ、見えるともさ。そんなお兄さんに、いいものをやろう」

いいもの？

老婆は懐に手を入れると、ガラス瓶を取り出した。中には、細かい白い粉が入っている。

「これは？」

「一度こいつをキメれば、疲れなんて吹っ飛び極楽を味わえる代物さ」

「やばいブツじゃないですか!?」

「今ならたったの金貨二十枚さね」

「たっか!?」

なんてこった！　ここはこんなものまで売ってるのか！

『ご主人様。こちらただの砂糖です』

「砂糖かよ！」

しかもよりによって、ただの砂糖かよ！

「イッヒッヒ。よく見抜いたね。さあ、金貨二十枚さ」

「買いません！　買いませんから！」

急いで老婆から離れ、バトルギルドへ向けて走った。

バトルギルドは、血の気の多い人が集まっているギルドだ。だからその周りも、ガラの悪い人たちが集まるらしいけど……まさかここまでとは。

『あっ、コハク。あれがバトルギルドみたいよ』

クレアが指さした先。

「僕たち荒くれ者です」といった風格を漂わせる建物。

入口の左右には、龍種《ドラゴン》の首を掲げている筋骨隆々な男の石像が立っている。

建物の周りにも、ヤバそうな人たちがたくさんいて……なるほど、いかにもな建物だ。

思わず固唾を飲み込んだ。

「い、行こう」

周囲からの訝しげな視線を受けながら、バトルギルドの中に入る。

「うぐっ！」

た、タバコ臭い……それに酒も……！

『うぅ。コゥ、くしゃい……』

「だ、だね……スフィア」

『はい。防臭フィールドを展開致します』

スフィアを中心に、半透明の結界のようなものが張られる。

防臭フィールドの名の通り、匂いが気にならなくなった。

はぁ、助かった。とりあえず、まずは受付で——。

「あぁん？　おい見ろよ、テイマーの優男が紛れ込んでるぜ」

「げひひひひ！　しかもブロンズかよ！」

「だがよ、金の匂いがぷんぷんするぜ」

え……か、囲まれたっ。

「な、なんですか、あなたたちは」

「げひひひ！　なぁに。ここはテイマーギルドじゃねーって優しく教えてやるだけよ」

「迷子なら送ってやるぜ」

「その代わり、有り金全部置いてってもらうがなぁ！　ぎゃははははははは！」

ターコライズ王国のときもそうだったけど、バトルギルドのハンターはなんでこうガラが悪いんだ。

『コハク、我慢できないわ。殺すわよ』

『咬み殺す？　それとも丸呑み？』

『吹き飛ばします。頭を』

ここでみんなを止められなきゃ、俺は他ギルドで暴れた犯罪者になってしまう。

な、なんとか逃げないと……！

「ま、待ってください。俺はある人に用があって……」

「ある人ぉ？　ここにテメェみてーなひょろっちい優男の知り合いがいるのかぁ？　はっはー！　誰だよそりゃあよぉ！　こーんな雑魚テイマーと知り合いなんざ、バトルギルドの恥晒しってもんだぜぇ！」

「「ぎゃははははははは！」」

「悪いね、恥晒しで」

ピシッ――。

空気が固まった。いや、凍った。

全員の視線が、今しがたギルドに入って来た男に注がれる。

この凶悪で粗暴なギルドにおいて、まるでブレることのない一本の軸が体を貫いている……そんな印象を持たせる男が三人、そこにいた。

「アシュアさん、コルさん、ロウンさん！」

「やあコハクくん。早速会いに来てくれたのかい。嬉しいよ」

アシュアさんは、優しい笑みを浮かべて俺を歓迎してくれた。

「やっぱり皆さん、早く戻ってくる手段があったんですね」

「ああ。コルの魔法で身体能力を強化してね。ところで……」

アシュアさんの目がスっと細められる。同時に、彼の纏っている圧が一層強まった。

凄い。多分本気じゃないだろうけど、これがバトルギルド、ミスリルプレートの圧……！

今この場を動いたら、一瞬で消される。

そう思わせるほどの圧を受け、俺に絡んでいた三人の体は子鹿のように震えた。

「君たちはコハクくんの友達かい？」

「え……と……こ、これはその……！」

男の一人が、慌てて俺の肩に回していた手を退ける。

「俺ァ聞いたぜ。コハクの知り合いは、バトルギルドの恥晒しなんだってよ。なあコル？」

「ええ、僕も聞きました」

遊び相手を見つけたような笑みを見せるロウンさん。有無を言わせぬ貼り付けた笑顔のコルさん。

その二人だけでも手に負えない。

だけどそれ以上に、アシュアさんの怒りに満ちた目が俺に絡んでいた三人を射すくめた。

「彼は俺の知り合いだ。大切な客人だ。その彼に絡んでいたようだが、納得のいく説明をしてほしいな」

「こ、これはっ、その……あ、アシュアさんのお客様って知らなくて、つい……！」

「君たちは、ついで絡むほど暇を持て余しているのかい？」

「………………」

一つ一つの言葉は優しく、相手を思いやっているようだ。

だけど、その言葉に乗っている重圧が、反論を許さない。

「……その手に持っている酒はなんだ？」

「っ！　こ、これはその……！」

「……君たちはバトルギルドのハンターとしての自覚が足りないようだ。暇と体力を持て余している
ようだし……ロウン、相手をしてやれ」

「はいよ」

鉄甲を嵌めた両拳をぶつけ、火花を散らすロウンさん。

その笑みはもはや人間ではなく、獰猛な獣のようで……。

「「「すっ、すっ、すみませんでしたぁーーー!!」」」

男たちは、我先にと一目散に逃げ出した。

「けっ。何でぇ、根性のねぇ奴らだ」

「バトルギルドの質も下がりましたね」

「はぁ……あとでマスターに報告しておこう。コル、名前を調べておいてくれ」

「わかりました」

おぉ……戦わずに、威圧だけで戦意を折った。さすがだ。

「コハクくん、うちの者がすまない。後できつく言っておくから、許してくれ」

「あ、はい」

「ところで、俺に何か用かな？　バトルギルドへ入る気になったかい？」

「いえ。そうではなく……実は、聞きたいことがあって来ました。数年前に亡くなった、ダッカスさんというハンターについてです」

「「「――ッ！」」」

ダッカスさん。

その名前を聞き、アシュアさん、コルさん、ロウンさんは目を見開いた。

「……コハクくん。その名前をどこで？」

俺は話した。魔法武器の製作を決めたこと。国内最高の腕を持つザッカスさんのもとを訪れたこと。

だが、もう打てなくなったこと。その理由を、フランメルンの酒場で聞いたこと。

説明してる間、三人は悲痛な面持ちで聞いていた。

「……奥に来なさい。ここだとまずい」

「はい」

確かに、人目がある場所で死者の話はまずいか。

三人についていき、応接室へ入る。

壁に穴が開き、窓ガラスも割れているから、正確には密室ではないが……。

「コル、防音結界を」

「わかりました」

ああ、なるほど。コルさんの魔法で声を漏らさないようにするのか。やっぱり魔法って凄いなぁ。

綿の飛び出したソファーに腰掛ける。

俺の肩にはクレアが座り、スフィアは右側で待機。フェンリルは俺の後ろに座っている。

「ダッカスか……懐かしい名前を聞いた」

「ああ。まさか今になって、あいつの名前を聞くとは思わなかったぜ」

どうやら、ダッカスさんはギルドでも有名な人だったみたいだ……。

「どんな人だったんですか？」

「……三年前のあの時、彼はゴールドプレートのハンターだった。生きていれば、俺たちと同じでもう一人のミスリルのハンターになれる可能性を持つ男だったよ」

「なっ……!?」

バトルギルドのミスリルプレート。それは最強の称号。最強オブ最強。

三年前の時点で、そこまで強かったなんて……。

「彼は豪快で、快活で、みんなから慕われていた。当然俺たちもだ」

アシュアさんの言葉に、コルさんとロウンさんは頷く。

「でもダッカスさん、どこか生き急いでいた感はありましたよね」

「おう。何を急いでたのかはわからないが、ダッカスはとにかく強くなることを目的としていたな。けど、鉱石採掘も積極的にやっていた」

強くなるのが目的なのに、鉱石の採掘も積極的に行ってた……どういうことだろう？

何か頭の隅のほうで引っ掛かっていると、アシュアさんが話を続ける。

「だけどその時は来た。ギルドからの依頼で、ダッカスを含めた五人のメンバーがある組織の壊滅に向かったんだ」

「ある組織？」

「【紅蓮会】。聞いたことないかい？」

「すみません」

「いや、大丈夫だ。あの組織は表には出てこない裏の組織。知らないのも無理はない」

裏の組織。つまり、非合法。犯罪者組織ということになる。

「火の精霊を神聖視し、月に一度十五歳未満の子供を誘拐して生きたまま燃やす。そんな頭の狂った儀式をしている組織が、【紅蓮会】だ」

……火の精霊？

『羽虫、まさか……』

『クレア、自首する？　自首する？』

『ちちち違うわよ!?　確かに火の精霊は私しかいないけど、そんな非人道的でキチガイじみた祈りなんて受け取るはずないじゃない！』

わかってる。クレアはそんなことをする子じゃない。恐らく、【紅蓮会】が勝手にやっているってだけだろう。

「それで、【紅蓮会】は壊滅したんですか？」

「いや、していない。奴らには逃げられたと報告が上がっている」

「そうですか……でも……」

「ああ。ダッカスがいて、失敗なんてするはずがない。……ダッカスは、裏切られたんだ。他のハンターたちに」

「ぇ……」

裏切りって、そんなまさか……!?

「いいや。正確には裏切られたんじゃない。ダッカスと行動を共にしていたメンバー全員が、【紅蓮会】の人間だったんだ。そもそも、仲間ですらなかった」

「ッ！」

そうか……納得がいった。

でも、確認しておかなきゃならないことがある。

「そのハンターたちが敵の人間だというのは、いつ頃わかったんですか？」

「事件からおよそ半年後だ。裏切った元メンバーたちは、ギルドに帰ってこなかった。死体も見つからなかったから、そのまま雲隠れしたんだろう」

その間にザッカスさんはダッカスさんが同じギルドのハンターに裏切られたと知ったのか。

いや、本当は裏切られたんじゃなく、最初から仲間じゃないんだが……そんなこと、ザッカスさんには些細なことでしかない。

そして誤解は解かれないいまま、今までずっと……だから、あんなにハンターを嫌っていたのか。

「ダッカスの死体は、背後からの奇襲で背中に四つの傷。そして前から、袈裟に斬られていた。これが致命傷だったらしい」

「そう……ですか……」

「俺たちが知ってるのはこれくらいだ」

「ありがとうございます……」

なんて言っていいのかわからないが、三人にお礼を言って、俺たちは応接室を後にした。

まさかまさかだ。こんなことを聞かされるだなんて、思ってもみなかった。

今更、実は息子さんを殺したのは【紅蓮会】で……なんて言っても、ザッカスさんは信じてくれないだろう。それどころか、話すら聞いてもらえないに違いない。

「どうするかな……」

『ご主人様は、ザッカスさんに魔法武器を打ってもらいたいんですよね?』

「まあね」

『そのためには、過去を精算しなければならない……それはわかっていますね』

「うん。でも……」

『はい。一筋縄ではいかないでしょう。——ですが、一つだけ可能性があります』

「えっ……!?」

スフィアが、その可能性について話す。

見たことも聞いたこともない、突拍子もない方法。

だけど……。

「それ、本当なんだね？」

『はい。私の検索に狂いはありません』

「……わかった。信じる」

ザッカスさんとダッカスさんの過去を清算し、前を向かせる。

偽善と言われるかもしれない。余計なお世話と言われるかもしれない。

それでも、目の前で苦しんでいる人は見捨てられない。

強くあれ、雄々しくあれ。正しくあれ、誠実であれ。

父さん。俺は、俺を貫くよ。

◆◆◆

スフィアの案内で、俺たちはある場所を訪れていた。

魔境フルレイド。ブルムンド王国の南に位置し、死霊《ゴースト》多発地帯として有名だ。

それにしても。

「「「「オオオオオオオオオォォォォ……！」」」」

地面を覆いつくすほどのゾンビの群れが蠢いていた。

多発地帯と聞いていたとは言え、さすがにこの数は面倒なことこの上ない。

フェンリルに乗って空を飛んでも、死霊《ゴースト》まで空を飛んでくる始末だ。

弱点は炎らしいが、クレアが炎で焼き尽くしても、次から次へと湧いてくる。

正に死霊《ゴースト》のバーゲンセール。誰得だ。

『あーーーっ！　多い！　面倒だわ！』

『死霊《ゴースト》は生者を殺すという本能で動いていますから。私たち幻獣種《ファンタズマ》相手でもそれは変わりません』

『あんた、見てないで手伝いなさいよ!?』

『死霊《ゴースト》の弱点は魔法の炎と光。マッチ棒並の火力でも、あなたしかこれを抑えられません。ほら来ますよ』

『くぅ！　あんた、覚えてなさいよ……！』

クレアが両手を天に掲げる。

『《紅炎《プロミネンス》》！』

空高く現れる紅炎。まるで小さな太陽のようなそれは、陽が落ちて暗くなった世界を照らす。

クレアが指を弾いた、次の瞬間。

小さな太陽は爆ぜ、無数の炎弾となり死霊《ゴースト》を一掃した。

「おおっ、さすが」

『どやぁ。ど～～～やぁ～～～』

『イラッ。この……！』

『ほっへ《ほっぺた》は《引っ張るな》ひっはふはー！』

でも、クレアのおかげで目に見える範囲に死霊《ゴースト》はいなくなった。

おかげで格段に地上が見えやすくなったぞ。

「スフィア、この辺り？」

『はい、ご主人様』

うーん……障害物はないけど、日が暮れてるからな……暗くて見えない。

『！　コゥ、変な匂い！　こっち！』

「うわっ」

急な旋回で振り落とされそうになり、慌ててフェンリルの毛に掴まる。

フェンリルの向かってる先。そこから漂ってくる気配は、俺も感じ取れた。

肌が粟立ち、後頭部に甘い痺れがある。

「スフィア、この気配が……」

『はい。私たちの欲しているアイテムをドロップさせる、死霊《ゴースト》系最強の魔物――リッチです』

リッチ。魔法師や賢者が、不老不死のために肉体を捨て魔物になった姿。

こっちには幻獣種《ファンタズマ》の三人がいるとは言え、緊張するな。

「不老不死って、どうすれば倒せるんだろう」

『ご主人様。不老不死と言っても、真に不老不死の存在などこの世にいません。リッチにも当然、弱点があります。フェンリルに任せておけば、一瞬で方は付きますよ』

「え、フェン？」

『任せて！　任せて！』

確かにフェンリルも強い。それは重々承知している。

だけど相手は不老不死なのに、どうやって……？

……とにかく今は信じるしかない、か。

「頼むよ、フェン」

『やったるどー！』

フェンリルのスピードが上がり、地上へ駆け下りる。

すると、遠くに一つの影が見えてきた。

質量を持つ闇のように揺らめくローブ。ローブから見える腕には肉も皮もなく、純白の骨。頭蓋骨にもやはり肉や皮はなく、落窪んだ眼窩には赤い光が灯り、見るもの全てを嫌悪させるようだ。

あれが死を超越した者、リッチ。死霊系《ゴースト》最強の魔物……。

リッチが俺たちに狙いを絞り、両手をこっちへ向け。

「《ヘル・ファイア》」

ひしゃがれた声が魔法を唱える。

ただの炎じゃない。漆黒の輝きを持つ黒炎だ。

通常なら、あんな巨大な黒炎の前では尻込みするだろう。あんなもの、普通の人間だったら逆立ちしても勝つことはできない。


――そう、通常なら。


『ふふん。私を相手に炎勝負なんて、いい度胸じゃない』

クレアは楽しそうにリッチへ手を向け。

『《ヘル・ファイア》』

リッチの魔法より、遥かに巨大な黒炎をぶち込んだ。

クレアの黒炎がリッチの黒炎を飲み込み、そのまま地上のリッチへと落ちていく。

「――――!?」

悲鳴にもならない悲鳴を上げるリッチ。

見るからに熱そうにのたうち回っているな。

「ねえ、これ終わったんじゃない？」

『残念ですが、リッチの魔法耐性は魔物界随一ですので、まだ終わっていません』

クレアの炎をまともに受けて、まだ終わってないだなんて……さすが、死霊《ゴースト》系最強の魔物は一味違うな。

「ならどうする？　あんなの、まともにやって勝てるとは思えないけど」

『ご安心を。ここで、フェンリルの出番になります』

ああ、さっき言ってた……何をするつもりだろう。

黒炎に当たらないよう、俊敏な動きで避けながらリッチへ迫るフェンリル。

リッチの目の前まで来たフェンリルが、巨大な口を開ける。

「なっ、フェンリ――」

リッチがひしゃげた声を上げた直後。

『いただきまーーーすっ』

ボリィッ――！

フェンリルが、頭蓋骨を噛み砕いた。

同時に耳をつんざく断末魔が周囲へと響き渡り、リッチの体は砂人形のようにボロボロに崩れ去った。

「……え？」

逃げたとか、そういう感じじゃない。間違いなく、フェンリルに食べられて絶命したのだ。

『んふー。まずい！』

いや、まずいじゃなくて……どういうこと、これ？

リッチって不老不死でしょ？　何でこんな簡単に？

俺の疑問を感じたのか、スフィアが答えた。

『リッチは全魔法耐性という力を持っているため、魔法で倒すことはできません。骨は鋼鉄よりも硬いため、物理攻撃もほぼ効きません。なので不老不死と呼ばれていますが、弱点はちゃんと存在するのです』

「弱点？」

『頭です。リッチは魔法師や賢者の成れの果て。つまり、その知識の源である頭部を破壊すると倒せます』

なるほど。そんなカラクリだったのか。

「そんな弱点があるなら、なんで世間では不老不死だって言われてるんだろう」

『リッチの頭部は、鋼鉄の三倍の強度ですからね』

「三倍」

そりゃ無理だ。ミスリルプレートじゃないと、そんなもの破壊できっこない。

「フェンがいてくれて助かったよ、ありがとう」

『ふへへ。ぬへへへ』

尻尾をぶんぶん振り回すフェンリル。わかりやすく喜んでるなぁ。

っと、そうだ。ドロップアイテム。

「……これ？」

『はい、そちらです』

砂の山の中に光る、紫色の鉱石。これが、俺たちの求めていたものか。

「……よし、急いでザッカスさんの所に向かおう」

ドロップアイテムを回収した俺たちは、フェンリルの背に乗ってフランメルンへと向かっていった。

◆◆◆

フランメルンに戻り、ザッカスさんの家を訪ねた。

けど……電気も点いてないし、扉には鍵が掛かってるな。

「どこ行ったんだ……フェン、匂いを辿れないか？」

『うん！　すんすん、すんすん。こっち！』

フェンが匂いを辿り、その後に続く。

地面すれすれを嗅ぎ、おしりをふりふり、尻尾をふりふり。

進む先はフランメルンの街中ではなく、隣接している森の中。日も暮れてるから足元も見えづらいな。

「クレア……は炎だから木が燃えちゃうか。スフィア」

『畏まりました。……ふっ』

『むぎぎぎぎ……！』

こらこら、こんなところまで来て喧嘩しないの。

スフィアからモーター音が鳴る。待つことしばし。スフィアの目から、眩いばかりの光が迸った。

これもスフィアに内蔵されてる科学技術の一つらしい。

ライトに照らされた森を、ゆっくりと進む。

『すんすん、すんすん。もうちょっとだよ』

直後、森の中にあるのか広場のような場所に辿り着いた。

スフィアに合図して、ライトを消す。もう、ライトを使う必要はなくなった。

広場の中央に佇む巨漢。その目の前には、大きな石と花束、酒瓶。

これが何を意味するのかは、容易に想像できた。

俺たちから背を向けているから表情はわからない。だけど……その背中は、泣いているように見えた。

「ザッカスさん」

「……あんたか。何の用だ」

僅かに振り返るが、直ぐに墓のほうに向き直る。

酒を煽り、ため息をつくように肺の中の空気を吐き出した。

「ダッカスさんのこと、聞きました。お悔やみ申し上げます」

「やめろ。テメェらハンターのせいだろうが」

「そのことですが、今日は誤解を解くためにやって来ました」

「誤解だとッ……！」

のそりと振り返ったザッカスさん。

その顔は酒のせいではなく……怒りによって真っ赤になっていた。

目も血走り、こめかみには血管が浮き出ている。

「何が、何が誤解だ！　今更誤解を解いたところであいつが帰ってくるわけでもない！　全部……全部無駄なんだよォ！」

ザッカスさんは、俺たちへの憎悪を吐き出した。今まで溜めていた怒りを、憎しみを、悲しみを。

その怒りに、憎しみに、悲しみに……真の意味で寄り添うことはできない。

だけど俺は今、この人の言葉を一つだけ否定する。

「いいえ、無駄ではありません。あなたは生きている。これからも生きていく。だから、無駄にはさせません」

「ッ！」

俺の言葉が逆鱗に触れたのか、ザッカスさんは拳を握り締めて迫り、躊躇なく振り下ろしてきた。

「ぐぁっ……！」

お、重い拳ッ。顔面を殴られたのに、もう膝に来てる……！

『コゥ！　ガルルルルッ！』

『コハク！』

『ご主人様！　この……っ』

みんなを止めるように、腕を突き出す。

黙って見ていろ。そう言うように、みんなを睨み付けた。

ザッカスさんは怒りに任せて何度も拳を振り下ろしてくる。

「テメェに何がわかる！」

「がっ……！」

「息子を失った俺の痛みが！」

「ぐっ！」

「息子がどんな思いをして死んだのか！」

「ごふっ……！」

「息子を……ダッカスを見捨てたテメェらハンターに、何がわかるって言うんだあああ!!」

バシィッ――！

待っていた、大振りの拳。そいつを俺は、片手で受け止めた。

「……認めましたね、今。見捨てたって」

「ぁ……？」

「ハンターが犯人だと確信していたら、息子を『殺した』と言うはず。でもあなたは今、息子を『見捨てた』と言った。……本当は気付いていたんじゃないですか？　ダッカスさんを殺したのはハンターじゃない、と」

「っ……言葉の綾だッ……！」

吐き捨てるように言い、僅かに後ずさる。

だけどその顔には、さっきまでなかった迷いが浮き出ていた。

「ハンターなんて、くだらない！　ろくでもない人間の集まりだ！　そんな場所に行ったから、あいつは死んだ！　俺があのとき、もっと本気で止めていれば……！」

……そうか、この人は……後悔してるんだ。

コトリさんは言っていた。ダッカスさんがハンターになるとき、大喧嘩になったと。

そのときに止めきれていれば、ダッカスさんは死ななかったかもしれない。

だけど……たらればを言っても、仕方ない。

「確かにハンターの中には、ろくでもない奴もいます。それは否定しません」

「ふんっ」

「でも、くだらなくなんかない！」

思わず出た大声。その言葉に、ザッカスさんは目を見開いた。

「……ダッカスさんは、みんなから慕われていたと聞きます。生きていれば、ミスリルプレートのハンターになれた可能性があったとも。……でも強くなるために、生き急いでいたらしいです」

「あいつは死んだ。そんな話、意味がない」

「いいえ、あります。大切なのは、何故生き急いでいたのか、です。今からそれを聞き出します」

「……聞き出す？　何を言って……」

そこで俺は、さっきリッチからドロップした紫色の鉱石を取り出した。

「これは【死霊の魔石】というアイテムです。心に悔いが残っている人が握ると、一時的に死んだ人の魂がこの世に現れるという。ただし、一人の魂につき一回だけです」

「……死んだ人の、魂……」

「ええ。つまり、ダッカスさんの真意を聞くことができます」

俺の予想が正しければ……。

「お願いします、ザッカスさん。あなたが前を向くために……ダッカスさんと、話し合ってください。お願いします」

膝をつき、額を地面に擦り付ける。

殴られてもいい。泥にまみれてもいい。それでこの人の気が晴れるなら、甘んじて受け入れる。だけどこの先の人生、後悔だけで生きていこうとしてる人を、俺は見捨てられない。それだけは譲れない。

その思いが通じたのか、はたまた押しに負けて呆れたのはわからないが。ザッカスさんはため息をついた。

「お前のようなハンターは、初めて見た」

「じゃあ……！」

「ああ……わかったよ」

「あ、ありがとうございます……！」

立ち上がり、ザッカスさんへ【死霊の魔石】を渡す。

ザッカスさんの視線は、悲しげに魔石へと注がれていた。

「……ダッカス……っ？」

直後、魔石から迸る紫色の光。

その光が空中に魔法陣を作り出すと……半透明の何かが魔法陣から現れた。

足から胴、腕、首と徐々に現れる。

体格も、身長も、そして容姿も……ザッカスさんに似ていた。

この人が、ダッカスさんか……。

「ダッカス、お前……！」

『親父……久しぶり』

ダッカスさんが、悲し気な笑顔を浮かべてザッカスさんの前に立った。

ここからは……親子水入らず、本音の語らいだ。

俺たちは、少し離れた場所に移動して二人を見守る。

薄暗い中でも、ザッカスさんの顔が驚愕に染まっているのがわかった。

それもそうだ。霊体とは言え、死んだダッカスさんが目の前にいるんだから。

「…………」

驚き過ぎて何も言えないザッカスさん。魚類系の魔物みたいに口をぱくぱくさせている。

『親父、ごめんっ！』

それに対し、ダッカスさんはザッカスさんに近付き……直角に腰を折った。

「……ぇ……ぁ……？」

『喧嘩別れになってごめん！　親父より先に死んでごめん！　親不孝な俺で本当にごめん！　謝れなくてごめん！』

堰《せき》を切ったように溢れ出す、謝罪の言葉。

ザッカスさんは、ただただ呆然とそれを見ているだけだ。

時間にして数秒。ザッカスさんは拳を握り締め、肩を震わせた。

「謝ったところで……謝ったところでもう遅いだろッ……！　死んじまったらそれで終わりなんだぞ！　死んじまったら未来はないんだぞ！　死んじまったら語らえないんだぞ！　死んじまったら……死んじまったら……ッ！」

膝をつき、大粒の涙を流す。

全身の力が抜けたのか、立ち上がれないみたいだ。

『あの時は、意固地になって言えなかった。でも聞いて欲しい、親父。俺がハンターになった理由を』

「理由……？」

『ああ。……俺は、親父のためにハンターになったんだ』

「俺の、ため……？」

ダッカスさんは視線を合わせるように跪く。

『親父は、世界最高の鍛治職人だ。俺もそんな親父に憧れた。天職が鍛治職人だったら、間違いなく親父の跡を継いでいた』

「…………」

『俺の天職は剣士だった。親父の背中に憧れ、親父の技術に憧れ、親父の剣を打つ姿に憧れたけど……俺は鍛治職人にはなれない。それが、運命だった』

確かに天職じゃない職は、どんなに努力しても天職持ちには追い付けない。

つまり……ダッカスさんが鍛治職人の道に進んでも、ザッカスさんには追い付けない。

それどころか、他の職人にも負けるだろう。

これは努力の仕方ややり方ではなく、天職というシステムのあるこの世界に生まれ落ちた、呪いのようなものだ。

「だ、けど……だけどっ、俺が教えれば食い扶持は……！」

『ああ、困らないと思う。でも俺が憧れたのは親父の領域だ。そこに辿り着けない道を進むのは……想像するだけで、辛かった』

「ッ……！」

何も言えない。ザッカスさんもそれはわかっているから。それが、この世界のシ・ス・テ・ムだから。

『だから考えた。俺は俺の天職で、どうやって親父の役に立てるかを』

「それが、ハンター……？」

『ああ。強くなれば、強い魔物と戦える。強い魔物のアイテムや、危険区域《デンジャラスゾーン》にあるレアな鉱石を手に入れられる』

ダッカスさんは気恥しそうに頬を掻いた。

『俺の手に入れた世界最高の素材で、世界最高の技術を持つ親父が、世界最高の剣を作る。それが俺の夢で……俺がハンターになった理由だ』

「……ぁ……ぁぁ……ああああああぁぁぁぁっ！」

ダッカスさんがハンターになった真の理由。

生き急いでいると感じられるほどの自己鍛錬。

本来ブロンズ以下のハンターが行う採掘依頼。

その理由は……なんてことのない。

大好きな父親と、一緒に仕事をしたい。

ただ、それだけなのだ。

『ドジ踏んで俺は死んじまったけど、この世界には化け物みたいな奴らがゴロゴロいる。例えば、その兄ちゃん』

「そいつ、が……？」

『ああ。……なあ、あんた。幻獣種《ファンタズマ》テイマーだろ？』

ザッカスさんの目が見開かれる。

……そうか。ダッカスさんは今霊体。人間じゃないから、みんなの姿が見えるんだ。

「……はい、そうです」

『へへ。な、親父。伝説のテイマーが、俺たちのすれ違いを直すために動いてくれたんだ。すげーだろ、ハンターって。人と人との出会いが、関わりが、こうして話し合いの場を設けてくれたんだ』

「……そう、だったんだな……」

ザッカスさんは立ち上がり、涙を拭う。

「すまなかった……ありがとう」

『俺からも礼を言わせてくれ。ありがとう、ありがとう』

「そ、そんなっ。俺はただ、ザッカスさんに前を向いてもらいたくて……」

ダメだ、こうして真っ直ぐ感謝されることがなかったから、ちょっと恥ずかしい。

頬を掻いて顔を背ける。と、その時。


「……嘘、だろ……」

「ダッカス……!?」

「まさか、そんな……」


あ……この声は。

『っ！　アシュアさん、コルさん、ロウンさん！』

「あんたらは……！」

振り返ると、三人は花束や酒を持って唖然としていた。

『親父、紹介するよ』

「いや、大丈夫だ。ダッカスのギルドの先輩なんだろ？　毎年この日に、いつも来てくれる」

『……この日？』

「今日は、お前の命日だ」

『あ……そうだったのか……アシュアさん、コルさん、ロウンさん。ありがとうございます』

ダッカスさんが頭を下げる。が、三人はまだ困惑しているみたいだ。

「あ、ああ。……だけど、これは一体どういう……？」

「死霊の魔石を取ってきました」

俺の言葉に、三人はメドューサに睨まれたように硬直した。

「な、なるほど……」

「てことは、リッチをぶっ殺したってのかよ……」

「さすが、幻獣種《ファンタズマ》テイマー。とんでもないですね……」

未だ困惑している三人。

その中でも、いち早く回復したアシュアさんが一歩前に出る。

「ダッカス、ザッカスさん。改めて謝罪させてください。俺たちの力が足りなかったばかりに死なせてしまって、申し訳ありませんでした」

「……あんたらのせいじゃないってのは、薄々感じていた。俺が意固地になっていただけだ。……息子が世話になった。ありがとう」

二人の間に、和やかな空気が流れた。

多分、ザッカスさんと三人の間には、俺が知らないいざこざがあったんだろう。

でも、今確かにそれは霧散した。

と、その直後。ダッカスさんの体から光の粒子が零れた。

『どうやら、時間みたいだ』

「そうか……ダッカス。話せてよかった」

『ああ。俺もだ』

ザッカスさんは生者。ダッカスさんは死者。

今この場所で、二人が交わったのは奇跡に近い。その奇跡が、終わりを迎える。

と、ダッカスさんが俺のほうを向いた。

『なあ、あんた。名前は？』

「コハクです」

『そうか。……コハク、恥を承知で頼む。俺の代わりに、親父を助けてやってくれ。俺の代わりに、俺の夢を叶えてくれ』

徐々に薄くなるダッカスさんが、頭を下げる。

すると、その横に立っていたザッカスさんも同じように頭を下げた。

「コハク……さん。俺からも頼む。ダッカスの……いや、俺たちの夢を、手伝ってくれ」

『親父……』

…………。

「はい、任せてください。ダッカスさんの想いは、夢は、俺が引き継ぎます」

『……ありがとう』

安らかな笑みを浮かべたダッカスさんが、天に召されるように浮かび上がった。

『アシュアさん、コルさん、ロウンさん。お世話になりました』

「達者でな」

「また会おうぜ」

「さようなら」

三人は、笑顔でそれを見送る。

『親父、体調には気を付けてな。すぐこっち来んなよ』

「馬鹿野郎。あと百年は生きる」

『はは、親父らしいや』

ザッカスさんとダッカスさんは拳を突き合わせた。

想いを。意志を受け継ぐように。

『コハク……頼んだぞ』

「はい！」

微笑み、空に消えるダッカスさん。

それと同時に死霊の魔石は粉々に砕け散り、風に攫われて空へと舞った。

その後ダッカスさんの墓に手を合わせ、俺とザッカスさんは工房へ。アシュアさんたちはアレクスの街へと戻っていった。

「コハクさん。すまなかったな、ぼこすか殴っちまって」

「いえ、大丈夫です。それとコハクと呼んでください。そのほうが気兼ねないんで」

「……ありがとう、コハク。さあ、入ってくれ」

ザッカスさんに促されて家の中に入る。

工房は家と一体になっているらしい。入口から先はリビング。その奥が工房になっている。工房の中には、剣を作るであろう様々な道具や設備が備わっていた。

長年入ってこなかったのか、全体的に埃を被っている。

「ここに来るのも、三年ぶりか……悪かったな、お前たち」

ザッカスさんが憂いを帯びた目で道具に触れる。

多分ここは、ダッカスさんとの思い出が詰まった場所なんだろうな……。

『ここが、世界最高の鍛治職人の工房ですか……』

『ここ、落ち着くわ。私火精霊だから、火を使う場所が好きなのよね』

『ボクは埃くさい……』

スフィアは物珍しそうに工房を見渡し。クレアは目を輝かせて飛び回り。フェンリルは鼻を押さえて辛そうだ。ごめん、フェンリル。もう少し我慢してね。

「まずは設備の点検。あとは掃除だな」

「ザッカスさん、点検と掃除は、俺の使い魔に任せてください」

「使い魔？　幻獣種《ファンタズマ》か？」

「はい。一人、こういった設備関係で強い味方がいるので」

「なら頼む。……って、そういや鉄鉱石も魔水晶も酒代で売り払っちまったんだった。どうするか……」

「ああ、それなら問題ないですよ」

腰の麻袋から取り出した鉄鉱石と魔水晶。

それを見たザッカスさんは、目を輝かせた。

「こいつはっ、とんでもねー上玉だ！　鉄鉱石もそうだが、魔水晶の純度が半端じゃねぇ！」

「これでどうにかなりませんか？」

「なるなる！　むしろ良すぎるくらいだ！　ははっ、こりゃあ腕が鳴るぜ！」

鉄鉱石と魔水晶を手に、俺に燃え盛るような目を向けた。

「コハク、俺はやるぜ！　俺の名にかけて、世界最高の剣を作ってやる！」

「よ、よろしくお願いします！」

「よーし！　そうと決まれば打ち合わせだ！　俺とコハク、二人で納得が行くまで語らおうや！」

リビングに戻ると、棚から酒、つまみ、それに数枚の紙とペンを持ち出した。

「コハク、あんた飲めるかい？」

「あ、はい。多少は……お酒飲みながら打ち合わせするんですか？」

「今日は最高の日だ。ダッカスも、これくらいは許してくれるだろうさ」

「……ですね。じゃあ、いただきます」

「おう」

上等な葡萄酒に、カップが三つ。

俺とザッカスさんの前に一つずつ置き、誰もいない席に一つ。

「それじゃあ、俺たちの出会いに。そしてダッカスに」

「ええ」

カップを手に持ち、ザッカスさんと空いてる席のカップにぶつけ――。

「乾杯」

◆バトルギルド◆

「――そうか。ザッカスが打てるようになったか」

「はい、マスター」

バトルギルド、最奥。ギルドマスター室にて、二人の男が密談していた。

一人の男はアシュア。手を後ろで組み、マスターと呼んだ男へ報告をしていた。

そしてもう一人。まるで少年のような出で立ちの男だった。

黒い髪。赤い瞳。筋骨隆々というわけでも、刺青が入っているわけでもない。少年のようにしか見えない華奢な体躯。座ってはいるが、立っても少年のような印象は覆らないだろう。

だが、腕を組んで座っている姿には威厳があり、カリスマがあり、有無を言わせぬ圧力があった。


バトルギルド、ギルドマスター。レオン・レベラードである。


レオンはほっと息をつき、目を閉じた。

「よかった……彼のことは心配していたんだ。よくやった、アシュア」

「いえ、それが……彼を救ったのは俺ではなく、別の人物でして」

「何？　コルか？　ロウンか？　それとも他のハンターか？」

「ハンターですが、うちのハンターではありません。テイマーギルドのハンターです」

「――まさか」

「はい。幻獣種《ファンタズマ》テイマーの青年です」

最近、噂では聞いていた。伝説の魔物、幻獣種《ファンタズマ》を使役するテイマーが、テイマーギルドへ入ったという噂だ。

まさか噂ではなく、本当だったなんて。

「詳しく聞かせてくれ」

「はい。ですが一部憶測もあります」

「構わない」

アシュアは報告した。

危険区域《デンジャラスゾーン》にて、一人でデス・スパイダー亜種を圧倒したこと。その場に魔水晶があったこと。恐らく、魔水晶を持ってザッカスのもとを訪れたこと。ダッカスのことを聞き、リッチを倒して【死霊の魔石】を手に入れたこと。

憶測も混じえた報告に、レオンは乾いた笑みを浮かべ、こめかみを押さえた。

「はは……デス・スパイダーの亜種にリッチだって？　二つともミスリルプレート並の魔物だぞ……」

「ですが、本当です」

「……もしそれが本当なら、是非ともうちのギルドに欲しいものだね」

レオンは目を閉じて思案する。

アシュアが嘘をついているとは思っていない。彼のことは、自分がよくわかっている。こんなくだらない嘘をつく理由もない。

だけど、全てを鵜呑みにすることもできない。

「……後日、その青年に会いに行く。アシュア、君も一緒だ」

「承知しました、マスター」

アシュアは頭を下げると、ギルドマスター室を出る。

一人残ったレオンは、書架に並んだ本の一冊を引き抜いた。

「伝説のテイマーか……まさか、実在していたなんてね」

ハードカバーの読み古した本。

日焼けも酷く、表紙には何も書いていない。

だが、背表紙にはある文字だけくっきりと浮かび上がっていた。

――【英雄譚】、と。

◆ザッカス工房◆

「それじゃあザッカスさん。あとはお願いします」

「おう、任せておけ！」

スフィアが工房を整備した後、コハクは笑顔でザッカスの工房を出た。

一人残されたザッカス。だが、寂しさも悲しみも感じていない。むしろ、やる気と情熱で漲っていた。

「よしっ。……ん？」

工房に入ると、既に炉に火が灯っていた。

火を点けた覚えはない。だが、今までに見たことがないほど鮮やかな炎が燃えていた。

「こいつはどういう……ぁ？」
炎が揺らめき、蠢き、ザッカスの前に文字を作る。
『これは永遠に消えることのない聖炎。
主のために、私の力の一端をあなたに託すわ。
使いこなしてみせなさい。
――火精霊クレア』
「……へっ。粋なことしてくれるじゃねえか、火精霊さんよ」
鎚を持ち、気を整える。
ザッカスが魔法武器を作るために必要な、ルーティンだ。
製作するのに必要な情報は既に話し合った。
装飾のイメージも頭の中にできている。
普通の魔法武器は、完成してからでないとどんな効果を発揮するのかわからない。
それでも……何故だか今は、どんなものができるのか明確にイメージできた。
これを作れたら、間違いなく史上最高の魔法武器になる。
「……っ、ふぅ～……」
いつになく緊張する。それもそうだ。剣を作るのも三年ぶり。
本来ならブランクを埋めるために何本か作りたいところだ。
けど、何故だか、それもいらないという確信めいた何かを感じていた。

コハクは、自分の迷いに【答え】を見出してくれた。

永遠に解けることのなかったはずの誤解を【解いて】くれた。

コハクが、【回答】をくれた。

なら、迷うことなんかない。

「……いざ」

武器作りに入り……三年ぶりに、鎚を振り下ろした。

カアァンッ――カアァンッ――カアァンッ――。

街中に広がる鉄を打つ音。

ある者は音の出処で。

ある者は音の質で。

ある者は音の響きで、それを確信した。

「この音……！」

「ザッカス……？」

「そうだ、ザッカスだ！」

「また打ち始めたのか？」

「相変わらず、いい音出しやがる」

世界最高の鍛治職人が奏でる世界最高の音が、フランメルンの街に響き渡る。

自身の工房で作業をしていたコトリも、思わず手を止めてその音に聞き入ってしまった。

「けっ。おせーんだよ、ザッカス」

ザッカスの奏でる音は、次の日も、次の日も聞こえ。

三日後、世界最高の剣が完成した。


「ザッカスさん！」

魔法武器が完成したと報告を受けた俺は、すぐさまザッカスさんの工房に飛び込んだ。

「おう、コハク。待ってたぜ」

「俺の剣、できたんですか⁉」

「ああ、間違いなく世界最高の剣だ」

お、おお……！　世界最高の職人が、世界最高って認めた……！

リビングのテーブルの上に乗っている、鞘に納まった剣。

要望通りの片手剣だ。柄頭には、余った魔水晶が加工されてはめ込まれている。

「も、持っても……？」

「ああ。是非感想を聞かせてくれ」

き、緊張する。初めてオーダーメイドで作った、俺だけの剣。それを遂に……。

いざ持ってみると……凄く軽い。想像より、全然軽かった。

「軽い……重さをほとんど感じませんね」

「だろ。テイマーであるお前さんは、剣士職より非力だからな」

だからか。ザッカスさんの気遣いってやつだな。

……っ。こ、これはっ……？

「な、何これ……？」

鞘に納まっている剣から、アクアブルーの光が溢れ出て……？

「抜いてみろ」

「は……はい」

言われた通り、鞘から剣を抜く。

現れたのは、まるで夜空のような漆黒の刀身。刃はアクアブルーに輝き。鍔も、柄も、鞘にも細かな細工がしてある。だけどシンプルで、無駄な装飾は一切ない。

要望通り……いや、理想通りの片手剣だ。

「こ、これ、魔法武器……魔法剣なんですよね？　効果ってどうすればわかるんですか？」

「ああ。鑑定の結果、そいつには【切断】の能力が備わっていることがわかった」

…………ん？　切断？

「これは剣だから、当たり前では？」

「説明するより、見たほうが早いか。こいつを見てみろ」

取り出したのは鉄の塊。

見るからに硬そうだけど……これが？

「こいつを注視するんだ」

んー……見る、見る、見る……お？

鉄の塊に、薄らと赤い線が浮かび上がってきた？

「何か見えたろ。そいつを、この剣で斬ってみろ。押し切るようにだ」

「は、はい」

刃を鉄塊に押し当て、力を込める。

と——ほぼ力を加えることなく、まるでスライムを斬るように鉄塊を真っ二つにした。

「な……!? す、凄い斬れ味です、これ！」

「確かにこいつはすげー斬れ味だが、要点はそこじゃない」

「え？」

「この剣を握って対象を見ると、対象の弱点を見ることができる。普通は斬れないだろうどんなに硬い鉱石でも、どんなに硬い鎧でも、どんなに硬い龍種《ドラゴン》の鱗でも……こいつの前では、スライムを斬るが如く簡単に斬れちまう。斬るものの弱点を、【答え】を教えてくれるんだ」

す、すごすぎる……！

炎を出す。風を吹かせる。相手を凍らせる。

そんな魔法武器があることは、予めスフィアから聞いていた。

だけどこれは違う。

こんな魔法剣、見たことも聞いたこともない……！

試しに三人のことを見てみると、確かに赤い線が現れた。

ザッカスさんにも、赤い線が現れる。

幻獣種《ファンタズマ》だろうと人間だろうと関係ないみたいだ、この魔法剣の効果は。

「な、名前……名前はあるんですか？」

「もちろんだ。……大昔に存在したと言われる神の武器。そいつも、同じ【切断】の効果があったと言われている」

ザッカスさんが紙にサラサラと文字を書き、見せてきた。

「回答者の剣。通称――フラガラッハ」

「フラガ……ラッハ……」

フラガラッハ。

神の武器と同じ力を持った、俺だけの魔法剣。

俺の……俺の武器だ……！

「……あっ。お、お金……！」

「いらんさ、俺とコハクの仲だ。その代わり、俺が復活したって色んなところで宣伝してくれると助かるぜ」

「ザッカスさん……わかりました。ありがとうございます」

「へへ。……コハク、頑張れよ。ダッカスの分も……お前の勇名を、世界に知らしめてやれ」

「……はい！」

フラガラッハを腰に携え、ザッカスさんに頭を下げて外に飛び出た。

『コゥ、依頼受ける？　戦いに行く？』

「うん。やっとできた初めての武器だ。討伐依頼を受けて、魔物と戦おう！」

フェンリルの背に乗って空を翔け、眼下に見える街を一望した。

活気のある声。鉄を打つ音。

今日も鍛治の街フランメルンは、最高の装備を作り続けている——。

◆ミラゾーナ村◆

ミラゾーナ村。

アレクスの街から西に位置するそこは、貧困に喘ぐ小さな村だ。

土地は痩せ、作物も満足に育たない。

だがこの村には、一つの伝説があった。

三百年前、ブルムンド王国を滅ぼしかけた邪龍を討伐した大英雄、剣聖リューゴが生まれた地とされている。

よってそこは、剣士職の人間からは聖地として崇められていた。

そんな地に、一つの馬車がやって来た。

四頭の白馬が引く荘厳な作りの馬車。

車体には王家の証である太陽の紋章が刻まれている。

「あれは……」

「王家の方、だよな」

「なんでこんな場所に……？」

馬車のスピードが落ち、ミラゾーナ村の入口で止まる。

と、村の奥から杖をついた老人が、急いで駆け寄っていった。

馬車から降りる、神々しい輝きを放つ一人の女性。

プラチナブロンドの髪に、深海のような瞳。

柔和な笑みを浮かべるその女性は、ブルムンド王国十三代女王、カエデ・ムルヘイムだ。

「女王陛下、お初にお目にかかります。私はこの村で村長を務めております、ヨサクというものです」

「はじめまして、ヨサク様。カエデ・ムルヘイムと申します。失礼、時間がありません。この土地で一番太陽光の当たる場所をお教えください」

「は？　……はい、わかりました。こちらです」

ヨサクの後に続き、村の中を歩く。

荒れてはない。だが活気もない。

（今まで政務に追われて来られませんでしたが……噂以上ですね。これはどうにかしなければ……）

「女王陛下、着きました」

考えている間に着いたらしい。

村の端にある、小高い丘。

なるほど、確かにここなら村も見渡せ、太陽の光もよく当たりそうだ。

「ヨサク様、ありがとうございます。こちらで結構です」

「畏まりました」

カエデは振り返り、従者にこの場で待機するよう命じると、丘を登っていった。

「はぁ……はぁ……う、運動不足、ですかねっ」

たったこれだけの丘を登っただけで、汗がにじみ出る。運動しよう。

頂上にたどり着き、振り返ると……眼下には小さな村が広がっていた。

「……ガイア様は、何故ここにこの種を……」

手に持っていた、小指の先ほどの大きさの種を見る。

何の種なのかはわからない。

でも……今は我らが神を、信じる他ない。

丘の上に跪き、汚れるのも気にせず土を掘って種を植える。

「これで……いいのですよね、ガイア様……ぁ……？」

植わった場所から淡い金色が漏れ出る。

暖かい。まるで母親に抱き締められているかのような光り。

それが徐々に強く、大きくなる。

何故かはわからない。わからないが……カエデは無意識のうちに跪き、手を組んで祈っていた。

この光を見たヨサクも、従者も、村の住人も、みんな祈りを捧げている。

本能が囁いている。

この光は、この村を救うのだと。

直後――ピョコッ。

光り輝く小さな芽が出た。

芽は見る見るうちに成長し、成長し、成長し……それに伴い輝きも増していく。

それはまるで、神が降臨したかのような輝きであった。

「こ、これは――!?」

◆ターコライズ王国◆

「まだか……まだ見つからんのかァ！」

ターコライズ王国、王宮。

玉座の間にて、国王は激怒していた。

国を建て直すため身を削り、心を削り、睡眠時間も削っていた国王。

新しい水脈の確保。

家畜の飼育方法。

痩せた大地への栄養補充。

他にも様々な国政の対応や各国との話し合い。

国王の心労はピークに達していた。

そのストレスの中、まだ男が見つからないと報告を受けた国王。

激怒するのも無理はなかった。

「貴様らギルドはなんのためにある！　ハンターというのは、たかだか男一人見つけられんのかぁ！」

「「「「……ッ」」」」

あれから数日が経った。

しかし男の行方どころか、足取りさえ掴めていない。

念のためターコライズ王国中も捜し、近隣諸国へと捜索を広げているが、全く情報はない。

それに、他国を捜索するとしても、これは極秘任務。

もし例の幻獣種《ファンタズマ》テイマーが自国にいるかもしれない、なんて思われたら、その男を巡って戦争になる可能性がある。

今国力が衰退してる中、それだけは避けなければならない。

「……もうよい、行け。捜索を続けよ」

「「「「はっ……」」」」

ギルドマスターたちが玉座の間を出ていく。

扉が閉まったのを確認した国王は、痩けた頬、やつれた顔を両手で覆い、天を仰いだ。

「何故……何故こうなったのだ……何故……！」

その問いに答える者は、誰もいない。

テイマーギルドに戻ってきた。

実はこの三日間、武器が完成するのが楽しみでろくにギルドに顔を出してなかったんだよね。

だから少しキツめの依頼を受けたいところだけど……。

「さすがにブロンズじゃあ、討伐依頼も少ないね……」

『ご主人様。こちらのゴブリン討伐などいかがでしょう』

「……確かにゴブリンなら、俺も個人で何度かやってるし……」

依頼書を見る。西に生息してるゴブリン十体の討伐か。

ゴブリンは力が弱く、知能もない。故に群れも作らない。

見た目は人間の子供のようだが、肌は緑色で歯並びも悪い。

確かに子供にとっては危険な魔物だ。でも少し成長した大人なら誰でも倒せるほど弱い。

ただ、稀に少し知能の発達しているゴブリンが現れると、群れを形成する。

この依頼によると、ゴブリンの群れが現れたらしいな……。

「よし、これを受けよう」

ゴブリン相手に、剣の使い方も練習しておきたいし。

依頼書を取り、受付のサリアさんのもとに向かった。

「サリアさーん。依頼を――」

「あっ！　コハクさん待っていましたよ！」

えっ……えっ？　な、何？

サリアさんは無駄に軽快な身のこなしで受付を飛び越え、俺の前に着地した。超満面の笑みで、ずいずい来るな。

「どうして三日も来てくれなかったんですか！　私はあなたに報告したくて、ずっと待っていたというのに！」

「ほ、報告？」

「超重要で、超重大なおめでたい報告です！」

ザワッ――！

「お、おい今の……」

「超重要で……」

「超重大な……」

「おめでたい報告、だと!?」

「おめでたって、つまりそういうことだよな……!?」

「あの男っ、我らがサリアさんに手を出したのか!?」

何だかもの凄い嫉妬の視線が!?

今の発言はあれだ、間違いなく誤解を生む発言だ！

『こ、コハク！　あんたまさか、この女とヤったの⁉』

『交尾した？　交尾した？』

『どういうことですかご主人様！　私というものがありながら、いつそんなことをしたんですかぁ！』

ちょっ、待って落ち着いてみんな！　いつもみんなと一緒にいる俺が、そんなことできるはずないでしょ⁉

ぐいぐい来るクレアとスフィアをバレないように押し退け、頭をフル回転させる。

こ、これは早々に誤解を解かないとまずい……！

「さ、サリアさん！　いったいどんな報告なんですか⁉　さあ大きな声で言っちゃってください！さんはいっ！」

そしてみんなの誤解を解いてください！

静まり返るギルド内。固唾を飲んで見守るハンターたちと後ろの三人。

サリアさんは一瞬だけ考える素振りを見せると、困ったような笑みを浮かべた。

「そ、それは……コハクさんのことを思うと、ここで言うのはまずい……かな」

何ですかその思わせぶりなセリフ⁉

膨れ上がる嫉妬と憎悪の感情。それに、俺の目の前で涙目になっているクレアとスフィアの圧。

『ご、しゅ、じ、ん、さ、ま……！』

『コーハークー！』

俺、何かやっちゃいましたか、マジで……。

◆◆◆

場所は変わってギルドの応接室。

なんか、ギルドに来る度にここに来てる気がする。

『むむむむっ……！』

『ぐぬぬぬっ……！』

左右からの圧が強い……。

フェンリルに至っては興味ないのか、端っこのほうで寝てるし。

「はぁ……それでサリアさん。超重要で超重大なおめでたい報告って、なんですか？」

「なんか疲れてません？　大丈夫ですか？」

「どっかの誰かさんが俺の生命を脅かしそうなレベルの誤解を招く発言をしてたので」

「まあっ、どこの誰ですか？　厳重注意しなくちゃいけませんね」

「……」

天然か、この人。今の発言で、またもぐったり。

「こほん。それでは報告いたします」

サリアさんが、懐から布に包まれた何かを取り出した。

……あれ？　これ、前にも似たようなことがあった気が……？

「開けてみてください」

「……ぇ……こ、これは……？」

布を開けると、そこから出てきたのは銀のブローチ。

テイマーギルドの紋章が刻まれたそれは……間違いない。

「シルバープレートの、ブローチ……!?」

「はい！　おめでとうございます、コハクさん！　史上最速、ギルドに入って五日でシルバープレートへ昇格です！」

な、え……ええ……？

と、突然のこと過ぎて頭が追いついていない。

何で、いきなりこんな……!?

「お、俺……薬草と鉄鉱石を取ってきただけなんですけど……」

「はい。ですがその質と量が、明らかにブロンズプレートのそれを遥かに上回っていました。マスターとも協議した結果、シルバープレートへの昇格が決まったのです」

本来、昇格は各ランクでギルドの定めた条件を満たさないといけない。

ブロンズからシルバーに昇格するには、採取・採掘の依頼を五つ。魔物討伐の依頼を五つこなす必要がある。

ランクが上がるにつれて条件も難しくなり、シルバーからゴールドに上がるには昇格試験を合格しなきゃならないんだとか。

それなのに、採取・採掘の依頼を二つ受けただけで昇格……。

「……浮かない顔ですね。どうしました？」

「あ、いえ……ただ、俺だけこんな特別扱いでいいのかなって……」

「……コハクさん、これは特別扱いではありません。あなたの成果を十二分に評価し、下した結果です」

サリアさんの真剣な眼差しが俺を射抜く。

その言葉の一つ一つが、俺の心に入ってくる。

そんな気がした。

「仕事のできる人には相応の地位と相応の報酬を与える。それがマスターの信条です。強さに関しても、幻獣種《ファンタズマ》が味方なら問題ないと判断した結果です」

「……ありがとう、ございます……？」

ダメだ……とてもじゃないけど、実感が湧かない。

こんなとんとん拍子で進んでいいんだろうか……。

「それに、これはあなたのためではなく、ギルドのためでもあります」

「ギルドのため？」

「ランク制度のせいでアイアンやブロンズは多く、上がっていくにつれて人が少なくなります。慢性的な人手不足なのです」

「……俺が言うのもなんですが、仕事のできるやつを下のほうでうだうださせている余裕はないから、特例でランクを上げて仕事を押し付ける、みたいな？」

「乱暴な言い方をすれば」

なるほど……確かに組織からしたら、少しでもランクが高い人が多いほうがいいか。

「……はぁ……わかりました」

「！　ありがとうございます！」

こうして俺は晴れてブロンズプレートから、シルバープレートへと昇格したのだった。

と言っても、変わらず採取・採掘依頼は受けるつもりだけどね。

『さすがご主人様です！　私、信じていました！』

『わ、私も最初からわかってたわよ。コハクがそこら辺の女の子に手を出すはずがないって』

嘘つけ。

胸のブローチをブロンズからシルバーに付け替えた。

何だかんだ言っても、嬉しいものは嬉しい。これだけでちょっと誇らしい気分になる。

ニヤける顔を我慢しつつシルバープレートを見つめる。

「早速、今日はシルバーの依頼を受けてみますか？」

「あ、いえ。今日はゴブリン討伐の依頼を受けようかと」

「ゴブリン討伐？」

「まだ討伐依頼を受けていないから、練習も兼ねて」

持っていた依頼書を見せる。サリアさんは依頼書をざっと見ると、納得したのか頷いた。

「……なるほど、西のゴブリンですか」

「はい」

「わかりました、受領します」

よしっ。早速行ってこよう。

応接室を出ようとした時、サリアさんが「あれ？」と声を上げた。

「コハクさん、それが例の？」

「あ、はい。魔法剣です」

「へぇ！　どなたに作ってもらったの？」

「ザッカスさんです」

「…………え？」

サリアさんが魚類みたいな顔で口をパクパクさせた。

……何かまずいこと言ったかな？

「い、今、なんと……？」

「ザッカスさんです。フランメルンの鍛治職人の」

「ザッカスって……名工ザッカス・ロイマン氏!?」

「え……た、多分？」

そう言えばザッカスさんのフルネーム知らないな。

でも名工って言ってたし、多分ザッカスさんだろう。

「三年間、全く武器製作をしてないって噂だったのに……」

「なんやかんやとありまして、また打ってもらえるようになりました」

「なんやかんやとは⁉」

うーん……まあ、報告義務はあるかなぁ……？

ザッカスさんにも宣伝してくれって言われたし。

「このことは他言無用で」

「……わかりました。しかし、マスターには報告させてもらいます」

「はい」

事の顛末を説明した。簡単に、ざっくりと。

粗方説明し終えたところで、サリアさんはこめかみを押さえていた。何故だ。

「待って。ごめんなさい、質問いいかしら」

「はい？」

「リッチって、お金持ちって意味じゃないわよね？」

「死を超越した者。不老不死のリッチです」

「何簡単にミスリル級の魔物を倒してるんですかあなたは⁉」

簡単とは失礼な。フェンリルたちがいなかったら、あんな化け物退治しようがない。

サリアさんは疲れを吐き出すようにため息をつく。

「どう報告しましょう、これ」

「頑張って（キラッ☆）」

「あなたのせいですが」

「ごめんなさい」

だからそんなジト目で見ないで。

何だかいたたまれなくなり、軽く挨拶をするとギルドを飛び出した。

目指すは西。確か、ミラゾーナ村って村があったはずだ。貧困に喘ぐ小さな村らしい。

フェンリルに乗ると、スフィアがミラゾーナ村について教えてくれた。

『ミラゾーナ村は人口数十人の小さな村です。ですが、ある伝説の残る村でもあります』

「伝説？」

『三百年前、この国を滅ぼしかけた邪龍を討伐した英雄、剣聖リューゴが生まれた土地です』

「そうなの!?」

剣聖リューゴ。

この世界に生きているなら一度は聞いたことがあり、憧れる英雄の名前だ。

曰く、一振りで海を割った。

曰く、山を真っ二つにした。

曰く、龍種《ドラゴン》を百体斬りした。
曰く、曰く、曰く……数え切れないほどの伝説を残した男。
それが、剣聖リューゴ。
かく言う俺も、密かに憧れている人物である。
そんな人が生まれた村……テンションが上がらないわけがない。
『ああ、いたわねそんな奴』
『知ってる！　知ってる！』
『ええ。私も話していて、懐かしくなりました』

『『『泣き虫リューゴ』』』

……………………………………ん？

「泣き虫リューゴ？」
剣聖じゃなくて、泣き虫？
俺の疑問に、クレア、スフィア、フェンリルが順に答える。
『リューゴは人一倍臆病で、泣き虫だったわ』
『龍種《ドラゴン》どころか、普通の魔物相手にも逃げ出そうとしていましたね』
『ビビりすぎてうんこ漏らしてた！』

『女好きで』

『金使いも荒くて』

『酒に弱い！』

『ついでに借金まみれでした』

かっこいい剣聖のイメージが！

でも……そうか。みんなは幻獣種《ファンタズマ》。伝説の英雄を生で見たこともあるし、本当の姿も知ってるんだ。

「じゃあ、語られてる伝説は嘘なの？」

『嘘じゃないわ。全部本当よ』

……え、どういうこと？

困惑してると、スフィアが苦笑いを浮かべた。

『リューゴの強さは本物です。でもそれは、臆病に裏打ちされたものなのです』

「……つまり？」

『臆病だからこそ戦う前に死にものぐるいで準備し、鍛える。それが彼の強さの秘訣です』

なるほど、納得いった。確かに伝説でも、リューゴの途方もない修行方法が伝えられていたっけ。

それもこれも、彼が臆病だったから……まあ、彼だって一人の人間。怖がることもあるし、逃げ出したいこともあるだろう。でも逃げ出さず立ち向かえたからこそ、彼は伝説になったんだな。

そうは言っても、一つ疑問がある。

「そんなに臆病だったのに、何で剣の道を？　天職だからってわけでもないでしょ」

『……彼は剣を嫌い、憎み、恨んでいました。事実、何度も剣の道を捨てようとしましたが……剣の才能は、それを許さなかった』

「……才能が許さなかった？　それって――」

『あ、見えてきましたよ！』

無理やり話を逸らされた気もする。

……いや、後で聞かせてもらおう。それより今は、ミラゾーナ村を……ん？

「こ、これがミラゾーナ村……？」

『これ、どういうことよ？』

『わ、わかりません……』

『きれー！』

眼下に広がるのは荒野ではなく、一面の草原と花々。

こじんまりとした畑には瑞々しい野菜が実り。放牧されている家畜は群れを作って。人々は笑顔に溢れ、生き生きとした顔で農作業を行っている。

これが……貧困に喘ぐ小さな村？

……どこが？

そんな疑問を嘲笑うように、丘の上に立っている巨木が、風を受けて揺らめいた。

近くの花畑に降り立ち、周囲を見渡す。

栄養満点の土壌に咲く花は、色鮮やかなものだ。近くで十歳くらいの少女と俺と同い歳くらいの女性が、花かんむりを作って遊んでいる。

が、おかしい。話に聞くと、ここは荒地となっていて草木もろくに育たない場所だ。

だけどこれは……。

「スフィア。どうなってるの？」

『……検索にも引っ掛かりませんね。ですが……まさか……』

スフィアが唇に指を当てて考える。

『……恐らくですが、超常の力が働いているのかと』

「超常の力？」

『幻獣種《ファンタズマ》です。ごく稀に、幻獣種《ファンタズマ》が介入する出来事は検索に引っかからない時もあるのです』

そうなのか……。

「でも、何で幻獣種《ファンタズマ》が？」

『そこまでは……』

「スフィアでもわからないことがあるんだね」

『んな⁉ それは聞き捨てなりません！ 聞き捨てなりませんよ！』

二回も言わなくても。

『私の力は半分も出していません！ 待っていてください、今から私の力を全開放して！』

「あ、いいよ。時間かかりそうだし。今はゴブリン討伐が先」

『しょんな……⁉』

申し訳ないけどね。

この辺にゴブリンがいるなら、ミラゾーナ村まで来るかもしれないし。

『ぷぷぷ、ざまぁ』

『むかぁ！　あなたなんて燃やす以外能がないくせに！』

『むかちーん！　あんたなんて肝心なところで役に立たないくせに！』

『『むぎぎぎぎぃ……！』』

相変わらず仲良しだなぁ、二人とも。

いがみ合っている二人を無視して、フェンリルの鼻を頼りにゴブリンを探す。

「フェン、見つかりそう？」

『うん！　ゴブリンくさい！』

ああ、確かにゴブリンはくさい。

人間の俺でもわかるくらいだからな。フェンリルからしたら、相当なものなんだろう。

ミラゾーナ村から南へ歩くことしばし。花畑や草原が終わり、周囲が荒地になった頃。

「あ、いた」

ゴブリンの群れだ。

依頼書の通り、十四が固まって行動してる。

「ギャッ！」

「ギャッギャッ！」

「ギャギャギャッ！」

まだこっちには気付いてないのか、互いにギャーギャー言ってる。

刃こぼれした刃物。ボロボロの棍棒。腰には布。緑色の肌に醜悪な見た目。

間違いなくゴブリンだ。

俺はフラガラッハを抜き、じっとゴブリンを注視する。

……見えた。赤い線だ。

「……そういえば俺、剣ってほぼ初めて使うな」

『ご主人様。もしよろしければ、私がお手伝いしましょうか？』

「お手伝い？」

『トワ様とクルシュ様を思い出してください。トワ様の身体強化魔法を、クルシュ様に付与されていましたよね？』

うん、そんなことしていたな。でも、なんで今その話を……あ。

「えっ、まさかあれの逆ができるの？」

『はい。本来テイマーは使い魔が戦うため、主自身が戦うことはありません。それに魔法や付与を使える魔物も少ないため、一般的には知られてない方法です』

そんな裏技みたいな方法があるのか。

確かに主から使い魔へ付与ができるなら、使い魔から主へ付与することも可能。どうして今まで考えつかなかったんだ。

『今から付与します。よろしいですか?』

「うん、お願い」

『では……《技能付与《エンチャント》・剣士《フェンサー》》』

スフィアの目が妖しく光る。

直後、俺の中に、何かが流れ込んできた。

頭と体に剣士の動きがトレースされる。どう相手を見ればいいのか。どう動けばいいのか。どう剣を振るえばいいのか。全て——感覚で理解した。

『私の中には、あらゆる職業の情報が保存されています。それを《技能付与《エンチャント》》という形で、ご主人様に付与しました』

「いや、凄すぎない?」

それって剣士だけじゃなくて、弓術士、槍術士、拳闘士……もしかしたら魔法師も付与できるってこと?

凄い。というか、もはやずるい。

改めて幻獣種《ファンタズマ》の規格外っぷりに微苦笑を浮かべた。

「ギャッ? ギャッギャッ!」

っと、気付かれたか。だけど今なら……!

フラガラッハを右手に持ち、右脚を引いて腰を落とす。

本当の剣士職なら、武技と呼ばれる力を使える。

例えば一振りで三つの斬撃を出したり、瞬発的なパワーを向上させたり。
俺は剣士職じゃないから、武技は使えない。
それでも――。
「ふっ……！」
流れるように。そして舞うようにゴブリンの攻撃を受け流し。
ゴブリンの体に一直線に走っている赤い線を。
スパッ――。
【切断】した。
「ギャガッ!?」
縦真っ二つ。
ゴブリンは鮮血を撒き散らし、絶命した。
その直後にゴブリンの死骸は灰となって消える。
俺は武技を使えない。
それでも――みんなが俺を助けてくれる。みんなが俺に力を貸してくれる。
ずるい？　卑怯？
何とでも言ってくれ。
そんな意地を張って誰かを死なせるくらいなら、俺は出し惜しみをしない。
テイマーの武器が使い魔であるように。

俺の武器がみんなであり――この力も、俺の武器だ。

◆◆◆

「ふぅ……終わった」

最後の一体が灰になり、シルバープレートが淡く光を帯びた。

討伐対象を全て倒したら光るとは聞いていたけど、本当なんだ。

因みに理屈は不明。サリアさんが原理を説明してくれたけど、わかんなかった。

刀身に付いた血を振り払って鞘に収める。

それと同時に、体に漲っていた剣士の感覚も霧散した。

この力は一時的なものなんだ。とは言えとんでもない力だな、これは。

『コハク、カッコよかったわよ!』

『コゥ凄い! コゥ素敵!』

『お見事です』

「みんなのおかげだよ、ありがとう」

こうしてみんなに助けられて、できないことができるようになっていく。

そうすれば、みんなに任せるだけじゃなく……俺もみんなと肩を並べて戦える、かもな。

『コハク、この後どうするの? 帰る?』

「そうだな……せっかくここまで来たんだし、ミラゾーナ村に寄っていこうか」

何でこの村がこんなに豊かになったのか、聞いてみたいし——。


「あれ、コハクくん？」


——ん？　この声は。

「アシュアさん！」

どうしてここにこの人が？

首を傾げると、アシュアさんは驚いたような顔で近付いてきた。

「まさかここで会えるなんて」

「俺も驚きました。どうしてここに？」

「この土地の調査に、ちょっとね」

「何故ここの土地がいきなり豊かになったのか、ですか？」

「察しが早くて助かる。俺も剣士だ。剣士の聖地に何かあっては寝覚めが悪いからね」

俺の背後に広がる花畑や草原を見て、目を細めた。

「ここは何度も足を運んでいるけど、こんなこと初めてだ」

「まあ、そうそう起こらないですよね、こんなの。俺もミラゾーナ村に行こうと思ってたので、一緒に行きますか？」

「いいね。その間に、その剣のことを聞かせてくれ」

さすが、目ざとい。

剣を見て目を輝かせるのは、剣士としてのサガか。

フラガラッハについて話すと、アシュアさんは驚いたり考えたり笑顔になったりと、まさに百面相。

剣が好きなんだなぁ、アシュアさん。

「さすがザッカスさんだ。俺も作ってもらおう」

「そうしてあげてください。宣伝よろしくって言われてるので」

「なら十本くらい頼もうかな」

それ白金貨十枚なら出す余裕があるってこと？　ミスリルプレートの財力、凄いな。

世間話も交えて歩くことしばし。

ようやく俺たちが最初に降り立った場所まで戻ってきた。

「む？　あれは……？」

「どうしたんですか？」

「あの巨木……前に来たときはなかったはずだ」

え？　そんなはずはないと思うけど。あれ、どう見ても樹齢千年くらいの老木だよ？

よくここに来ているアシュアさんが言うんだから、間違いないんだろうけど。

ということは……。

「コハクくん、ここで待っていてくれ。あの女の子たちに聞いてくる」

「わかりました」

アシュアさんが、少し離れた場所にいる女の子たちに話しかけた。さっきの花かんむりを作って遊んでいた女の子たちだ。

少女も女性も、アシュアさんを見て頬を赤らめた。

あれが俺だったら、あんな反応されないだろう。ただしイケメンにかぎる、というやつだ。

ちょっと複雑な気持ちになっていると、みんなが俺に擦り寄ってきた。

『ご主人様、ご安心を。あなた様のよさは、愚鈍な人間には理解できません』

『そうそう。あんな優男よりコハクのほうが何百倍も魅力的よ』

『ボク、コゥ大好き！』

慰められてるみたいで、これはこれでちょっと傷つく。

「はは。ありがとう。……っと、そうだスフィア。あの木ってもしかして……」

『はい、ご主人様。お察しの通り、幻獣種《ファンタズマ》の力を感じます』

やっぱり。

「ということは、この花畑も」

『あの木から供給されている栄養で花咲いたのでしょう。そしてこれをできる幻獣種《ファンタズマ》を一体知っています』

「誰？」

『ガイアです』

……ガイア？　ガイアって……大地の神ガイア様!?

まさかの名前に目を見張ると、クレアが俺の頭に乗って肘をついた。

『人間は神様だって信仰してるけど、あの子も幻獣種《ファンタズマ》。立派な魔物よ』

「マジですか……」

まさかまさかだ。

大地の神ガイア様は、豊穣と実りを司る神。この世界では、いくつもの国が主神として崇めている。

それが幻獣種《ファンタズマ》……魔物だなんて、誰が信じられよう。

「ガイア様は貧困に喘ぐ村を見兼ねてこんなことをしたのかな？」

『さあ？　ま、あの子も無意味なことはしないから、何かしら意味があるとは思うけど』

何かしらの意味、か。

クレアたちの話から色々と考えていると、アシュアさんが戻ってきた。

「お待たせコハクくん。どうやらあの木は、三日前に女王陛下が植えたらしい」

「女王様が？」

「ああ。あそこに種を植えた瞬間、見たこともない速さで成長し、この村を豊かなものにしたんだとか。この村では、女王の奇跡と呼ばれているみたいだよ」

ここまで来たら、間違いないみたいだ。

「それと、あの木の根元には何やら妙な文字が刻まれているらしい」

「妙な文字？」

「誰にも読めないからわからないが……調べてみる価値はありそうだ。今からあの子たちに、村長の家に案内してもらう。行こう」

「あ、はい」

女の子たちの後に続き、俺たちも村へ向かった。

村民は笑顔に溢れているが、まだ建物はぼろぼろのまま。いくつかは建て替え工事をしてるみたいだけど、まだ整備しきれていない。

「凄いな。村の人たちの表情も、まるで別人だよ」

「これも土地が豊かになった恩恵でしょうね」

村の隅にある畑に目をやると、鮮やかな色の野菜が実っている。箱詰めして、あれを他の都市に売ったりしているみたいだ。

これがつい先日まで寂れた村だったなんて、信じられないな……。

決して大きくはない村を進む。

村は高齢化が進んでるのか、ほとんどが老人ばかり。何人か若い人がいても、片手で収まる程度だ。

まだ俺の生まれ育った村のほうが、若者は多いくらいだ。

そんな感想を抱いていると、一軒のボロ屋の前に止まった。

「アシュア様、お付きの方。こちらが村長の家です」

「ありがとう」

「ありがとうございます」

いやお付きの方って俺のことですか。まあ、バトルギルドのミスリルプレートと、テイマーギルドのシルバープレートの二人組なら、そう思うのも無理はないけどさ。

「村長。バトルギルドのアシュア様と、お付きの方をお連れしました」

「あー、はいはい。どうぞ」

返事が聞こえてから、中に入る。

外見と同じく部屋もかなりボロボロだ。床もところどころ抜けてるし、そこらからミシミシという音が聞こえる。

と、椅子に座っていた一人の老人が杖を突いて立ち上がった。

「はじめまして。私、ミラゾーナ村の村長をしておりますヨサクと申します」

「はじめまして。アシュアです」

「コハクと言います」

「アシュア様、コハク様ですな。お二人がここに来たのは、やはりあの御神木についてですかな?」

御神木……そう呼ばれてるのか、あの木は。

「はい。急激に豊かになった大地と、あの巨木の調査に参りました。女王陛下がお植えになったとは聞きましたが……」

「その通りですじゃ。三日前、女王陛下の神秘なる力によって芽生え、大地も豊かになりました」

「ふむ、女王陛下の神秘なる力……」

アシュアさんが腕を組んで思案する。この国の女王陛下がそんな力があるなんて聞いたことがない。

つまりは。

『間違いなく、ガイアの力ですね』

『何がしたいのかしら、あの子』

やっぱりガイア様か。

……とりあえず、あの木を見ないことにはわからないな。

「ヨサクさん。御神木の根元に意味不明な文字が刻まれてると聞きました。見せてもらうことはできますか？」

「承知しました。その子、ミミリに案内させましょう」

ミミリというのか、この女性は。

俺、アシュアさん、ミミリさんが村長宅を出て、丘を登る。

かなりの高さだ。村を一望できるし、地平線にアレクスの街も見える。

ゆったりした足取りで丘を登り、登り……やっと頂上にたどり着いた。

「こちらが御神木になります」

「……でかい……」

「首が痛くなるでかさだね」

遠くから見てもでかいとは思ったけど、これほどなんて……。

一定の間隔で杭が打たれ、しめ縄が囲いを作っている。

まさに御神木。崇《あが》め奉ってる感が凄い。

「それで、文字というのは？」

「あちらです。立ち入り禁止となっていますので、ここからで申し訳ありませんが……」

ミミリさんの指さした先。木の根元に何か刻まれている。

確かに見たことのない文字だ。

『へぇ、古代ルーン文字の暗号じゃない』

『羽虫にもわかりましたか。その通り、あれは古代ルーン文字の暗号です』

『あんた私のこと馬鹿にしすぎじゃない!?　ねえ、聞いてんのあんた!?』

スフィアの罵倒に憤慨するクレア。

スフィアはそれを無視し、暗号を解読する。

『永久の平和は果てなき幻想――

幻想を体現するは至高なる剣士――

至高の剣士を従えるは幻想の王――

見よ・観よ・視よ――

悪を打ち破るは聖なる極地――

今平和への扉は開かれた――』

…………。

「どういうこと？」

「何がだい？」

あっ、やばっ。声出てた……！

「あ、その、何でもないです」

「いや、コハクくんの気持ちはわかるよ。あんなの、俺でも見たことがない」

ほっ、流せてよかった。

スフィアに目配せすると、思わせぶりな言葉を口にした。

『一度解散し、アシュアさんと共に来ましょう。今ミミリさんは邪魔ですので』

◆◆◆

その場は一旦解散した俺は、アシュアさんに声をかけて再び御神木の前に来た。

「やっぱり、何かわかったんだね」

「はい。使い魔が解読してくれました」

「やはり凄いね、幻獣種《ファンタズマ》というのは」

『ふふん。もっと褒めていいんですよ』

スフィア得意げである。珍しい。

「スフィア、どうすればいい？」

『二人であの巨木に触れ、先ほどの呪文を唱えるのです』

「わかった」

しめ縄を飛び越え、巨木に触れる。

さすが、荒地を豊かにするだけある。かなりの生命力だ。

「アシュアさん、手を」

「ああ」

アシュアさんも同じように木に触れる。

深呼吸を一回、二回……よし。

「永久の平和は果てなき幻想――

幻想を体現するは至高なる剣士――

至高の剣士を従えるは幻想の王――

見よ・観よ・視よ――

悪を打ち破るは聖なる極地――

今平和への扉は開かれた――」

呪文を唱えた、次の瞬間。

「な――!?」

「木から光が……!?」

俺とアシュアさんが触れている木の丁度真ん中。そこから目が眩むほどの光が漏れ出た。

光が強くなると共に、ゆっくり木が割れる……いや、扉のように開かれた。

完全に扉が開かれたのか光は収まり、木の中は洞窟のように真っ暗になっている。

「どうします？」

「……進もう。コハクくんは俺の後ろへ」

アシュアさんが剣を抜き、先行して中に入る。

俺もフラガラッハを抜くと、スフィアに剣士の力を《技能付与《エンチャント》》してもらった。

「クレア、灯りをお願い」

『わかったわ』

クレアが熱を持たない炎を複数出し、中を照らす。

……樹木の中とは思えないほど広い。明らかに普通の空間じゃないな。

「助かる、コハクくん」

「いえ。……行きましょう」

「ああ」

アシュアさんを先頭に、俺たちもゆっくり中へと進む。

……暗い。それに想像以上に広い。

天井も壁も見えない。明らかに巨木の大きさを超えた広さだ。

どれだけ歩いただろうか。

不意に、アシュアさんが口を開いた。

「そうだコハクくん。さっきの呪文はいったいどういう意味なんだい？　幻想の王とか、至高の剣士とか……」

「えっと……すみません。使い魔に解読してもらった通りに読み上げただけで、詳しいことはわかりません」

「あ、いや気にしないでくれ」

チラッとスフィアを見る。

スフィアは頷き、呪文の意味を教えてくれた。

『幻想の王とはご主人様を。至高の剣士とは、ここではアシュアさんのことを指します』

……王？　俺が？

『コゥ、王様！　王様！』

『その通り。私たち《ファンタズマ》を従えてるし、満場一致で王様よね』

確かにみんなをテイムしてるのは俺だ。

だけどそれだけで王様扱いって、ムズムズして落ち着かない。

クレアは俺の肩に座り、自慢げに解説し始めた。

『幻想の王《コハク》が至高の剣士《アシュア》を従えて呪文を唱えたことで、この空間の扉は開いた。もし傍に別の人間がいたら、あの扉は開かなかったのよ』

なるほど……だから一度解散したんだ。ミミリさんを遠ざけるために。

幻想の王に、至高の剣士かぁ……このことは黙ってよう。

俺が王っていうのもおこがましいけど、俺なんかがアシュアさんを従えるって……いくら呪文とは言え恐れ多い。

「どうしたんだい、コハクくん？」

「えっ!?　あ、いや、なんでもないです」

「そうかい？　なら俺の推測を聞いてくれ」

「推測？」

「あの呪文。幻想の王とは君、至高の剣士とは俺のことだね？」

「……何故そうだと？」

「幻獣種《ファンタズマ》を使役している君以外に、幻想の王は思いつかなかったから」

　さすが、鋭い。

「呪文には、俺とコハクくんのことしか書いてなかった。つまり二人じゃないとあの扉は開けられなかった。だから一度解散し、ミミリちゃんを村へ帰した。違うかい？」

「……アシュアさん、探偵にでもなったほうがいいですよ」

「はっはっは！　一考してみるよ！」

　ホント、鋭いというか洞察力が高いというか。状況判断が早い。

『ご主人様、あの呪文の最後の二つの文章を思い出してください』

「最後の二つ？　……悪を打ち破るは聖なる極地、今平和への扉は開かれた……だね」

「――そうか……そういうことか」

　えっ。アシュアさん何か閃いたの？　気付いてないの俺だけ？

　と、スフィアとアシュアさんの声が被さり。

『つまり』

「この空間は」

『「聖なる極地へ至るための空間」』

直後――空気が大きくぶれた。

地響きのような音と共に、漆黒の空間に何か浮かび上がっていく。

「コハクくん、警戒態勢！」

「はい！」

俺とアシュアさんとクレアが前。スフィアとフェンリルが後ろを警戒する。

ぼやけていた輪郭がくっきりとしてきた。

何かが動いている。あっちを行ったり、こっちを行ったり。これは……人？

間違いない。沢山の人が忙しなくあっちこっちと走り回っている。

次に浮かび上がったのは建物。木の小屋だ。

空。雲。森。川。徐々に色がつき、人々の喧騒も聞こえてきた。

そうして浮かび上がってきたのは……もしかして、ミラゾーナ村？

寂れているわけでも、大地が潤っているわけでもない。普通の、ごくありふれた村だ。

「これは……」

「どういう……？」

試しに近くの八百屋に売ってるリンゴに触れてみる。

けど……触れない。まるでそこにないみたいに通り抜けた。

「幻覚か？」

『幻覚ではありません。これは、この土地の記憶でしょう』

この土地の記憶……？

詳しく話を聞こうとすると、周囲の人たちが何かを見てせせら笑ってるのが見えた。

「おい見ろよ」

「あの泣き虫、まーたいじめられたのか」

「情けないねぇ」

「あれでも男かよ」

泣き虫？

みんなの視線の先。そこには、ボロボロの身なりで体が血だらけの少年がいた。涙を流し、足を引きずるようにして歩いている。

「君、大丈夫か!?」

アシュアさんが慌てて駆け寄る。

が、少年は何もないみたいにアシュアさんの体をすり抜けた。

「アシュアさん、ここはミラゾーナ村の記憶だそうです。つまり過去の出来事。だからあの子は

「……」

「ッ……目の前で傷ついている子がいるのに、助けられないなんて……過去のことでも、余りにも辛すぎる……！」

悔しそうに地面を殴りつけるアシュアさん。あぁ、本当に優しいんだな、この人は。

それにしても、泣き虫か。

「みんな。あの子、もしかして」

『リューゴね。子供のときの』

やっぱり、そうか。

ろくなものを食べてないのかやせ細り、目も虚ろだ。

これが、剣聖リューゴの少年時代……。

リューゴの後をつけていくと、家の陰に入っていった。

その後に続くと、リューゴは膝を抱えて涙を流していた。

「クソッ……クソッ」

その姿が痛ましく、思わず声を掛けた。

「リューゴ……」

「え、リューゴ……？　まさかこの子、剣聖リューゴかい⁉」

「はい、そうらしいです」

「驚いたな……」

うん、でも……今の俺たちじゃあ、この子には何もしてあげられない。

何もできず立ち竦んでいると。

「リューゴ！」

リューゴと同じ金髪の女性が、リューゴを抱き締めた。

「大丈夫、リューゴ!?　ああ、痛かったわね……！」

「おねーちゃん……」

お姉ちゃん……剣聖リューゴのお姉さん？

綺麗で、可愛らしい子だ。多分十五歳前後。

着ている服はみすぼらしく、痩せこけている。それなのに容姿は既に完成された美しさを誇っていた。

「大丈夫、大丈夫よ。お姉ちゃんが守ってあげるから」

「うん……うんっ……！」

「さ、お家に帰りましょう」

二人が手を繋いで歩いていく。仲がいいんだな、この二人。

「——む？　コハクくん、あいつら」

「え？」

……何だろう、あの人たち。いかにもな悪人相な男が三人、リューゴたちを見てるけど。

と、急に景色がぶれた。

今度はどこかの廃墟。そこにさっきの男が三人。

それに——縄で縛られた、リューゴのお姉さんがいた。

「げひひひひっ！　たまんねぇなぁおい！」

「売る前に楽しませてもらおうや」

「いいねぇ！　今夜は祭りだ！」

「ひっ……！　い、いや……いやあああぁ！」

っ！　こいつら、まさか……！

「やめろ！」

フラガラッハを構えて一人の男に斬り掛かる。

が——すり抜けた……！

「クソッ！」

『ご主人様、無駄です。ここは過去。私たちが干渉できる範囲を超えています』

「でも！」

目の前で女の人がなぶられそうになってるのに、ただ見てるだけなんて……！

男の一人が、お姉さんの服に手をかける。

アシュアさんも悔しそうに拳を握りしめ、せめて見ないように顔を伏せていた。

俺たちにできることは、せめて見ないようにすることだけ……すまない、助けられなくて。

俺もアシュアさんに倣い、顔を伏せようとした……その時。

扉が勢いよく開いて、一つの影が飛び込んできた。

「や、や、やめろ……！」

あれは……リューゴ！

「リューゴ……!?」

「なんだァ、泣き虫リューゴじゃねぇか」

飛び込んできたのはリューゴだった。

手には剣……じゃなくて、木剣が握られている。

使い込まれているのか、それともどこかに放置されていたのかはわからないが、今にも折れそうなほどボロボロだ。

「お、おねーちゃんを離せ……！」

「はぁん？　テメェ、泣き虫で雑魚のくせに、何粋がってんだぁ？」

「おめーは帰ってクソしてろグズが！」

「俺たちはこれからテメェのねーちゃんで楽しむからよぉ！　げははははは！」

確かに……後に剣聖と呼ばれていても、今のリューゴはただの子供。相手は三人。明らかに不利だ。

今の俺たちにできることはない。それでも、何か手立てはないかと廃墟を見渡していると、アシュアさんが目を見開いてリューゴを見ていた。

「そんな……いや、まさか……？」

「アシュアさん、どうかしましたか？」

「……コハクくん、ここは大人しく見ていよう」

「え……はい……」

見ていようって、こんなの下手すると殺されるだろ。

男三人のうち、二人が下卑た笑みを浮かべてリューゴに近付く。

そんな男たちを見ていたリューゴの体は、子鹿のように震えていた。

「あぁ？　なんだテメェ、震えてんのかぁ？」

「クソザコナメクジらしいじゃねーか」

「げは！　げはははは！」

体の震えが徐々に大きくなる。今にも逃げ出しそうな雰囲気だ。

「お、おねーちゃん……！」

「リューゴ……に、逃げて、リューゴ！」

「私はいいからっ、大丈夫だから！　逃げて、お願い！　あぐっ……！」

必死に叫ぶお姉さんの頭を地面に押さえつけた男。

それを見たリューゴは。


——体の震えが、止まった。

「ぁっ……あああああああぁぁぁッッッ！！！！」

大気を震わせる咆哮。

直後、リューゴは木剣を両手に構え――瞬きする暇もなく、二人の男の腹を殴打。一瞬で意識を刈り取った。

それを見ていた残りの男とお姉さんも、目を見開いて驚いている。

「…………は？」

「ぇ……リュー……ゴ……？」

俺も、剣士の技能を体感している今だからこそわかる。

あの動きは努力で到達できる領域を遥かに超えていた。

常人には決して到達することのできない……まさに、天才にしか到達しえない領域だ。

「う、嘘だろ、おい……！　お前ら何やってやがる！」

お姉さんを押さえつけていた男が、懐に手を突っ込んだ。恐らく、武器か何かを出そうとしているんだろう。

だが、またも瞬きするより速く動いたリューゴが、最後の一人を抵抗させる暇もなく気絶させた。

この間、僅か数秒。圧倒的な力だった。

「やはり……剣を持った彼からは、ただならぬ気配を感じた」

「元々鍛えていたと？」

「いや、それはない。動きはズブの素人。あれは、ただの才能だ」

才能……これが、才能だけの力か。

今、俺たちはとんでもない場面に立ち会っているのかもしれない。

剣の天才……剣聖リューゴの誕生の瞬間に。

◆◆◆

また景色が変わった。今度は荒地のど真ん中だ。

俺たちの他に、一組の男女が一つの方向を見て佇んでいる。

佇まいからして只者じゃない。

特にこの男。強さの桁が、今まで見てきた人たちとはレベルが違いすぎる。

その視線の先にいるのはリザードマン。

俺より少し高い上背に、獰猛な牙、鋭い爪。よだれを垂らして明らかに腹が減っている様子。

ブルーゴールドの髪色を持った女性がタバコに火をつけ、隣の男に指示を出した。

「リューゴ、あのリザードマンを倒してきなさい」

「…………」

リューゴ……そうか、あのくすんだ金髪の男は、成長したリューゴか。てことは、あの時から随分と時間が進んだ世界らしい。

そして多分、この人はリューゴの師匠。リューゴに師匠がいたなんて聞いたことないけど。

師匠の指示に、リューゴは固まったまま動かない。どうしたんだろう。

「リューゴ、どうしましたか？」

「…………り」

「は？」

「むりむりむりむりむり！　あんなデカくて強そうで気持ち悪いの絶対無理だって！　リザードマンだよ!?　凶暴なんだよ!?　あんなの下手したら俺本気で死んじゃうよ！　頭から砕かれてこの世からさよならバイバイこんにちは来世しちゃうから！　イャアアアアアアアアアアアアァ！！！！」


……オゥ……。

頭を抱えてじたばたと泣きわめくリューゴ。

それを白い目で見る女性。俺とアシュアさん、困惑中。

『あー、こんな奴だったわね。懐かしい』

『人間相手でも見た目が怖い相手には本当にビビりまくってましたね、彼は』

『リューゴ、がんばれー！』

君たちは鑑賞モードですか、そうですか。

「えっと……うん……何だか想像していたのと違う」

「同感です、アシュアさん」

みんなから聞いていたとは言え、実際に目の当たりにすると残念な気持ちになる。

うずくまって泣いているリューゴを、師匠がイラッとした顔で見下ろす。

「リューゴ……いつになったらあなたは自信が持てるんですか。あなたには才能があるんですよ」

「剣の才能なんていらないですから！　そんなもんに才能全振りするなら少しでも女の子にモテる才能が欲しかったわぁ！」

「あなたはモテません。諦めてください」

「イャアアアア！　現実を突き付けないでぇ！」

じったんばったん。うーん、惨め。

そんな騒ぎに気付いたのか、リザードマンが二人を見付けて近付いてきた。

「ほらリューゴ。さっさと倒さないと死んでしまいますよ」

「師匠が倒せばいいでしょ！　もう知らない！」

「……リューゴ、一つ教えておきます」

「なんですか！　ふん！」


「強い男はモテます」


刹那、リューゴの姿が消え――リザードマンはサイコロ状に斬り刻まれて絶命した。

リューゴは剣を振り抜いた姿で決め顔を見せる。

「ふっ。この剣の天才リューゴにかかれば……こんなのお茶の子さいさいですよぉ！　あーっはっはっはっはー！」

「ちょろい」

「ちょろいね」

「ちょろいですね」

リューゴの師匠と俺たち、満場一致のちょろさだった。ちょろすぎて心配になる。こんなんで大丈夫なのか、剣聖。

また、場面が変わる。

更に少しだけ成長したリューゴ。その隣に寄り添い、肩に頭を乗せるブルーゴールドの髪色を持つ女性。リューゴの師匠だ。

今の二人は、明らかに師弟の距離感じゃない。これはまるで、恋人のような……。

「リューゴ……」

「師匠、俺……」

「師匠じゃなくて、名前で呼んでください」

「……ミオ」

「はい、リューゴ」

夕日をバックに、二人がキスをする。

幸せそうに微笑むリューゴとミオ。

「ねえミオ。やっぱり俺、剣を好きになれないよ。争いしか生まない剣を、俺は好きになれないんだ」

「……剣を、憎んでいますか？　剣を与え、教えた私を……恨みますか？」

「……訂正する。一つだけ、剣で好きなところがある。俺とミオを繋いでくれたのは、剣だ」

「ふふ……そうですね」

二人は腰に携えた剣を鞘ごと抜くと、地面に突き刺す。

まるで、二度と剣を取らないと誓うように。

また場面が変わる。

リューゴ、ミオ、そしてリューゴのお姉さんが同じ屋根の下で暮らしている幸せな光景。

ミオのお腹は大きくなっている。間違いなく、二人の子供だろう。

これが……リューゴが思い描く本当の幸せなんだろうな……。

また場面が変わった。

仕事を終えたのか、金の入った麻袋を持って街を足早に歩くリューゴ。

もしミラゾーナ村に住んでいたとしたら、確かにあそこじゃあ満足に暮らせない。こうして出稼ぎに来てたんだろう。

いくつかの肉、それにパンや野菜を買い、馬車に乗ってミラゾーナ村へ向かっているリューゴ。その顔は、幸せに満ち足りた顔をしていた。

「待ってろよ、ミオ。姉さん。今帰るから……ぁ……？」

リューゴの顔が固まり、蒼白に変わる。

その見つめる先には――。

「ぇ……？」

「あれは……炎!?」

燃え盛る木造の家。

正面には、賊と思われる輩が数人とミオ。

少し離れた場所には、リューゴのお姉さんが今まさに殺されそうになっている。

「み……ミオ！　姉さん！」

お腹を守るために身を屈めているミオ。

だがここからじゃ、絶対に二人を助けられない。できたとして、一人が限界だろう。

死を覚悟しているお姉さん。

今馬車に乗っているのはリューゴだけ。

手元にあるのは、御者の護身用で持っている短刀のみ。

一人を助ければ一人を失う絶望的な状況だ。

その状況を見ていると――世界が、止まった。

俺たち以外の全てが止まっている。

リューゴも、殺されそうな二人も、賊も、炎も。

「え……な、なんだ？」

「何が起こって……っ！　アシュアさん、これ！」

リューゴは今まさに、短刀を手に駆け出そうとしている。

その頭上に、光る文字で文章が浮かび上がった。


【絶望的な状況の剣聖の卵。

どちらかを助ければどちらかは死ぬ。

剣聖の卵は、いったいどっちを見捨てるのか。

試練を受ける者よ、力を示せ。

——制限時間　六十秒——】

力を、示せ……？

『なるほど、そういうことですか』

「スフィア、何かわかるの？」

『はい。これは剣聖の試練。この試練を受ける人間……アシュアさんが、剣聖に相応しいかを試すものです』

「……つまり？」

『アシュアさんの力で、この状況を打破しなければならない、ということです』

っ！　そ、そんな……!?

こんな状況で力を示せって、いったいどういうことだよ……！

「わかっているよ、コハクくん。これは、俺に与えられた試練らしいね」

「アシュアさん」

さすがの洞察力。

だが、アシュアさんは動かない。そうしている間にも、文字のタイマーは刻一刻と減っていっている。

アシュアさん。どうするつもりですか、あなたは。

馬車から二人のいる場所まではおよそ百メートル。

だけど、ミオさんとお姉さんも少し離れている。

一人を助ければ、一人は死ぬ。そんな絶妙な距離感。

いや、絶望と言ったほうがいいだろう。

そんな二人を見て、アシュアさんは何を思うのか。

腕を組み、減っていくタイマーとリューゴを交互に見る。

「力を示せ、か……」

剣を抜いたアシュアさん。

二人に近付こうとしても、リューゴのいる位置から先には進めない。

まるで見えない壁に阻まれてるみたいだ。

ここから、二人を助ける。

そんなこと、本当に可能なのか？

「距離、速度、示すべき力……」

アシュアさん、何をブツブツ言って……？

「……コハクくん、離れていてくれ」

「……できるんですか？」

「わからない。でも……俺がここにいる以上、やるべきことは決まってるよ」

制限時間、残り十五秒。

アシュアさんはリューゴの隣に立つと、同じように構える。

剣を持つ右手を後ろ。左手を前。腰を落とし。半身になる。

「――なるほど。彼が天才だと言われるのがよくわかる。この技は……この型が正解だ」

アシュアさんの腕の筋肉が隆起する。

残り、三秒。

踏み締める地面が沈む。

残り、一秒
そして。

残り――ゼロ。

「はああああああああああああああっッッ！！！！」

咆哮一閃。

止まっていた世界が動き、リューゴも動き出す。

動きがシンクロし、振り抜いた一つの斬撃が五つの斬撃となり、空中を斬り裂き飛翔する。

まさに飛ぶ斬撃。

五つの斬撃がミオを襲っていた賊を斬り殺す。

だが、まだ終わらない。

手首を返し、振り抜いた剣の軌道を無理やり変える。

そして、渾身の力で斬り上げた。

同じように飛翔する五つの斬撃。

それらが、お姉さんを襲っていた賊を斬り殺す。


はずだった。


「なっ⁉」

「えっ……？」

アシュアさんの放った五つの斬撃は、まるで幻を斬ったかのように賊を通り抜ける。

絶命するどころか、傷一つ負っていない賊は——下卑た笑みを浮かべ、振り上げていた斧でお姉さんの頭をカチ割った。

「……ぇ……なん……で……？」

『ご主人様、あれを』

「あれ……？」

スフィアの指さした先。

そこには、砕け散った短刀を手に、絶望の表情を浮かべるリューゴがいた。

『彼の実力に……彼の才能に、間に合わせの武器はついていけなかった。彼はこの時……お姉さんを救うことができなかったのです』

「そ……んな……」

『もし彼が剣の道を捨てず、自分の武器を持っていれば、二人とも救えた未来があったはず。今のアシュアさんのように』

確かにアシュアさんの放った斬撃は、ミオさんとお姉さんが死ぬ前に届いていた。

だけど、リューゴの剣は届かなかった。

……あ。

「もしかして、リューゴの才能が剣を捨てたのを許さなかったのって」

『その通りです。彼の才能は、彼に再び剣を取る覚悟をさせるため……目の前で大切な人を殺し、後悔させた』

「そんなの、結果論であって……！」

『再びリューゴに剣を取らせるなら、大切な人さえ殺す。因果律さえ歪める。……リューゴの剣の才能は、それほど強力なものなのです』

因果律を歪めるほどの才能？

なんだ、それは……そんなの、人間が手にしていい力じゃないだろ。

『この出来事を経て、リューゴは再び剣を取ります。そして剣聖と謳われるまで……地獄のような日々を送ることになるのです』

呆然と佇む俺とアシュアさん。

景色から色が消え、再び漆黒の世界になるまで……俺たちは、何もできなかった。

と、さっきと同じ光る文字が空中に浮かび上がる。


【試練を受けし者よ。

汝、真なる力を示した。

剣聖たる力を示した。

全てを救うに足る力を示した。

――今、剣聖の力を授けん】

文字が渦を巻き、徐々に球体となる。

拳ほどの大きさの光の球体。それが、溶けるようにしてアシュアさんの胸から中に入っていった。

「これは……温かい力だ……」

アシュアさんの体が僅かに光る。

光が徐々に大きくなり……暗闇を押し退けるほどの光がアシュアさんを包んだ。

「……剣聖リューゴ。あなたの遺志、しかと受け継ぎました。この力を持って俺は……全てを救う刃を振るう」

『頼んだ』

そんな優しさを感じる声が、暗闇の中へ響き渡った。

◆◆◆

アシュアさんを包む光りが消えしばし。いくら待っても何も起きない。恐らく、試練は終わったんだろうな。

『コゥ、扉開いたよ！』

フェンリルの声で振り向く。

外からの光が入ってきて、扉の周辺が明るくなっていた。

「どうやら、終わったみたいですね」

「だね。……剣聖リューゴ。今までは強さや凄さしか目に見えていなかったけど……彼は壮絶な過去を乗り越えていたんだね」

後悔や弱さを知り、二度と繰り返さない。そのために強くなり、そのために剣を振るう。

リューゴは決して天上の存在なんかじゃない。

俺たちと同じ、人間だったんだ。

「行こう、コハクくん」

「……はい」

ここでうじうじしていても仕方ない。俺たちは、今の時代を精一杯生きるしかない。

フラガラッハを鞘にしまい、先を行くアシュアさんに続く。


が、次の瞬間——アシュアさんの体が硬直した。


「あ、アシュアさん！」

慌てて近づく、けど……ダメだ、さっきのリューゴたちみたいに、完全に固まってる……！

時間が止まったんだ。いったい何が……！

何もできず呆然とする俺。そんな俺の肩にクレアが座り、上を向いた。

『コハク、安心して。……この試練の主が出てくるわよ』

試練の、主？

直後——俺たちの頭上が光り輝いた。

慌てて見上げると、そこにいたのは黄金の光を纏った男だった。

厳つく、棘のある風貌ではあるが、かなりの美丈夫だ。

太陽のように煌めく金髪。全てを鋭く射抜くような緋眼。漆黒の鎧を纏い、右腰には両刃剣。左腰には太刀。背中には大剣を背負っている。

この光、この圧、この力。

「幻獣種《ファンタズマ》、か?」

『はい。幻獣種《ファンタズマ》の中でも、近接戦闘なら右に出るものはいない最強の男……剣神ライガです』

幻獣種《ファンタズマ》、剣神ライガ。

なんでそんな奴がここに……?

ライガは俺の前に降り立つと、跪いて頭を垂れた。

『お初にお目にかかります、我らが王、コハク様。私はライガ。剣の神を司っております』

「あ……うん。はじめまして、ライガ。跪かなくていいからさ、立ってよ」

『はっ』

ゆっくりとした動きで立ち上がるライガ。

なるほど……幻獣種《ファンタズマ》接近戦最強と言われるだけある。近くにいるだけで身震いするような圧だ。

『コハク様。この度はこのようなことに巻き込んでしまい、大変申し訳ございませんでした』

「……確かに、この件は俺は必要ないんじゃないかって薄々感じてはいたけど……何か理由があるんでしょ?」

『然り。永久の平和を成すためです』

永久の平和……そう言えば、呪文にもそんなことが書いてあったっけ。

永久の平和は果てなき幻想――
幻想を体現するは至高なる剣士――
至高の剣士を従えるは幻想の王――
見よ・観よ・視よ――
悪を打ち破るは聖なる極地――
今平和への扉は開かれた――

確かこんな感じ。

「永久の平和は幻想か。それを成し遂げるために、俺とアシュアさんの二人が必要ってこと？」

『然り。ただ、厳密にはお二人だけではなく、あと四人の人間が必要になります』

「四人？　誰？」

『申し訳ありません。私の口からは……』

つまり俺とアシュアさんを入れた六人が、永久の平和に必要な人物ってことか。

「今の世界も十分平和だと思うけど」

『否。その平和が今、脅かされようとしています』

ライガの言葉に、スフィアがぴくりと反応した。

『待ちなさい、ライガ。まさかあれが復活するのですか？』

「……あれ？」

あれって何？　何のこと？

珍しく焦っている様子のスフィア。ライガは、神妙な面持ちで頷いた。

『然り。今はガイアが抑えているが、封印も緩んできている。いつ復活してもおかしくない状況だ』

『そんな！』

『ちょ、ちょっとストップ！　ストーップ！　何の話をしてるのか全然わかんないわ！』

『放置？　ボクたち放置されてる？』

クレアとフェンリルもわかってないみたい。

うん、何のことだろうね。全然わからん。

話を唯一理解しているスフィアが、顔をしかめて口を開いた。

『……この世界には三つの種族が存在します。人間、亜人、魔物です。そこから更に細分化されますが、大まかに分けるとこの三つになります』

うん、それは知ってる。一般常識の範囲だ。

亜人というのは、エルフ族やドワーフ族、獣人族のことを指す。

どれも一癖も二癖もある種族で、人間とは仲は悪いけど……それは今は置いといて。

スフィアが話を続ける。

『しかし三千年前。この三つの種族には、実は四つ目の種族が存在していました』

「四つ目の種族？」

『――魔族です』


…………………………………え。


「ま……魔族だって……!?」

おとぎ話で聞いたことがある。

絶対数は少ないが、見た目は人間とは変わらないらしい。

だが頭には角が生え、背中には異形の翼。目は黒く、瞳は赤い。

そして魔族が一体いれば、街が一つ消し飛ぶとされている。

人間と似たような見た目をしていながら、龍種《ドラゴン》と同等の力を持つと言われる存在。

それが魔族だ。

「魔族は滅んだって聞いてたけど」

『いえ、滅んではいません。封印されているのです』

そうだったのか。

でも確かに、それだけ強い種族が滅んだっていうのも、ちょっと違和感はある。

「封印が緩んでるって、その魔族が復活するってこと？」

『否。魔族だけなら楽に抑えられます。しかし封印されているのは、魔族だけではありません』

魔族だけじゃない？　それっていったい……。

ライガは闘志を燃やした緋眼で、何もない虚空を見上げ。

『この世の害悪。最悪の権化——魔王サキュアが、近々復活します』


とんでもない言葉を発した。

「ま、魔王……？」

『然り。残虐非道で、全ての魔族を腕っ節だけでまとめあげている者。それが魔王です』

「待って。魔族はおとぎ話でも聞いたことあるけど、魔王なんて聞いたこともないよ」

これでも俺はおとぎ話が好きだ。

大勇者スメラギ。

剣聖リューゴ。

統べる者サーヤ。

英雄トーマ。

神童シオン。

国引きマコト。

他にも様々なおとぎ話が、伝説として語られている。

それでも、魔王なんて言葉は一度も聞いたことがない。

『奴は強すぎた。それこそ、全人類の遺伝子に恐怖を刻みつけるほど』

「い、遺伝子って……」

『人類は、強すぎる存在を忘れるために無意識のうちに記憶を封印した。二度とあの恐怖を思い出さないために』

無意識に忘れたくなるほど強く、恐怖を与える存在ってこと……？

背中に冷たいものが走った。

魔族でさえ、その非道さはおとぎ話でよく知られている。それらを力だけで束ねる存在。そんなものが復活するなんて……。

「まさかとは思うけど、俺の役目っていうのは……」

『然り。強者を従え、復活する魔王を討つことです』

なんてこった!?

「な、なんで俺が!?」

『魔王を討てる可能性があるのは、幻獣種《ファンタズマ》をテイムできるコハク様しかいないからです』

いやいやいや！　俺なんて幻獣種《ファンタズマ》をテイムできるだけの一般人ですよ!?　……その時点で一般人とはちょっと違うかもしれないけど。

それでも、いきなり魔王討伐とか意味わかんないんだけど!?

抗議しようとすると、ライガの足元に魔法陣が浮かび上がった。

『むっ、時間か。申し訳ございませんコハク様。私がここに現界できる時間は残されていないようです』

「えっ、一緒に戦ってくれるんじゃないの？」

『今の私は仮の体。真なる私と契約するには、剣の里へおいでください』

ライガの体が徐々に薄くなっていく。

『お待ちしております、コハク様――』

……消えた、か。

「マジですか」

「何がだい？」

「うわっ!?」

あ……アシュアさん。よかった、時間が動き出したんだ。

「どうしたんだい、ぼーっとして」

「ぁ……な、なんでもありません」

思わず誤魔化してしまった。

でも、あんなの説明しようがない。

魔王なんてそもそも聞いたことがないし、それが復活するなんて……どう説明しても理解してもらえそうにない。

でもアシュアさんも無関係じゃないからなぁ。どこかのタイミングで説明するしかない。

みんなを連れ、扉から外に出る。

全員が外に出ると、扉は閉じて刻まれていた呪文は消えた。

剣聖の試練は、今の一回だけみたいだ。

「コハクくん。これからリューゴの生家に行くけど、来るかい?」

「はい、行きます」

アシュアさんへの説明は今度にしよう。

まだ俺だって飲み込みきれてないし、説明のしようがない。

魔王復活という一抹の不安を抱え、俺たちは御神木を後にした。

◆???◆

暗い、暗い谷底。

毒虫や毒獣が生息し、空気は淀み、腐っている。

そんな腐食した谷底に、一つの影が蠢いていた。

「くくく。ようやく出てこれたか……」

枯れ木のようにほっそりとした体。

ひしゃがれた声。

羊のような角。

コウモリの翼。

人の形をしているが、人ではない何か。

それが近くを通った巨大毒ムカデを鷲掴みにし――巨大な口で頭部を噛み砕いた。

ゴリッ、メキッ、バリッ。

不協和音が谷底に反響する。

頭から脚、胴体を全て食いつくしたが、影は不満そうな声を漏らした。

「足りぬ、全く足りぬ。もっと、もっと食わねば」

毒蜘蛛。

毒トカゲ。

毒草。

毒カマキリ。

毒、毒、毒。

様々な毒性生物を食い荒らす。

「足りぬ、足りぬ、足りぬ」

まるで幽鬼のように谷底を歩く。

目に付いた生物を捕まえ、喰らい、咀嚼する。

数十……いや、数百の生物を食っても、影は止まらない。

「足りぬ、足りぬ、足りぬ……足りぬアアアアアアアアアアアアアアアアアアアアアアアアアア

アアアアアアアアアアアアアアアアアアアアアアアアアアアアアア！！！！」
影の咆哮は木々を揺らし、大地を抉り、岩壁に亀裂を入れた。
それだけで、影が持つ力量は十分に理解できた。
「もっとだァ……もっとヨコセェェェェェェェェエエエエエエエエエエエ！！！！」
走り、食い、走り、食い、食い、食い尽くす。
たった数日……それだけで、谷底の生態系は脆くも崩れ去った。

「……」

「お兄ちゃん、元気ないよ？　大丈夫？」

「……あぁ、フレデリカちゃん。うん、大丈夫だよ」

「でもご飯進んでないよ？」

「ごめんね、なんだか食欲がなくて」

剣聖の試練を終え、俺たちはアレクスの街に戻った。

宿フルールで休んだ翌日。起き上がり、宿の食堂で朝食を頼んだまではいい。だけど食欲が湧かない。無理に食べようとしてもろくに喉も通らない。

理由はわかってる。昨日のことについてだ。

剣聖リューゴの本当の姿。

彼の壮絶な過去。

そして魔王復活。

それを俺が倒す。

いやいやいや。ふざけないでいただきたい。

おとぎ話では、魔族一体ですら都市一つ滅ぼすと伝えられている。そんな奴らを従えてる魔王が復活とか、洒落にならない。

しかもだ。それを倒すのが俺？　なんの冗談だ。新手のドッキリか何かか。

頭を抱えてため息をつく。

『コハク、あんた考え過ぎよ。魔王なんて眼球焼いて脳みそ沸騰させてから内側から爆発させればイチコロよ』

『【ピーーー】に【ピーーー】ぶち込んで【ピーーーーーーー】させましょうか？』

『魔王っておいしーのかなぁー？』

魔王さん逃げて！　超逃げて！

可愛い顔でえぐいことを言う三人にドン引き。というか引くなというほうが無理。

自分でもわかるくらい顔を青白くしてると、フレデリカちゃんが心配そうな顔で俺の膝に手を置いた。

「お兄ちゃん、顔色わるい……疲れてる？」

「まあ、疲れてると言ったら疲れてるね」

この顔色の悪さは主に三人のせいだけど。

「やっぱり！　そんなお兄ちゃんにいいこと教えてあげる！」

「いいこと？」

「疲れてるときはね、美味しいものをいっぱい食べると幸せになるんだよ！」

フレデリカちゃんはハンバーグにフォークを刺し、満面の笑みで差し出してきた。

「はいっ、あーん！」

『『んなっ⁉』』

満面の笑みのフレデリカちゃん。

フォークには美味しそうな湯気が立っているハンバーグ。

鼻をくすぐるデミグラスソースの香りと、その中でも存在感を損なわない肉の香りが絶妙にマッチしている。

「……はは、ありがとう。あーん」

『『ぬああああああ！』』

肉汁とデミグラスソースが絡み合い、旨味が旨味を引き立たせる。

粗挽きの肉が主張し、旨味という鈍器でぶん殴られたような満足感があった。

「うわっ、うま！」

「でしょ？　お父さんのハンバーグは世界一ぃ！」

うん、これは世界一と言われても納得できる。

庶民の、庶民による、庶民のためのハンバーグだ。

『ぐぬぬぬ！　私だってコハクにあーんしたことないのに！』

『私たちじゃ、人目がある場所じゃできない高等技術、あーん……まさかあーん童貞をこんなロリに奪われるなんて！　これはもうロリに童貞を奪われたも同じ！』

『寝取られってこと⁉　私寝取られ属性ないわよ！　しかもロリに！　ロリに‼』

言い方ァ！

誰にも聞かれないとは言え、そんな言い方は誤解を生む！　誰にも聞かれてないけど！

「あ、ありがとうフレデリカちゃん。もう大丈夫。一人で食べられるからっ」

「だめです！　私がちゃんと全部食べさせるまで、安心できません！」

フレデリカちゃんは説教するように腕を組み、むーっとした顔をする。

「昔の人は言いました。一日の幸せは朝の食事にあり、と！」

「あ、いい言葉。誰が言ったの？」

「お母さんです！」

ゴスッ！

「いったぁーい！」

「私は昔の人じゃありません。ナウでヤングな現代人です」

女将さん、その言葉が既に昔っぽいです。

フレデリカちゃんは脳天にゲンコツをくらって涙目になってる。痛そうだったもんね、今のゲンコツ。

「全く……ごめんなさいね、コハクさん。この子あなたのことが好きみたいで」

「おおおおおお母さん!?　何言ってるのー！」

「あら。だって昨日、コハクさんが帰ってきたとき――」

「ちがうから！　ちがうからぁ！」

あ、逃げた。

ま、フレデリカちゃんもまだまだ小さい女の子だ。大人の男に憧れる年頃ってやつなんだろう。

ふっ、俺って罪な男。

「ふふ、あの子ったら。でも、本当に大丈夫ですか？　まだ顔色がよくないみたいですけど」

「あ、大丈夫です。フレデリカちゃんを見てたら、なんだか元気出てきました」

「ふふふ、元気が取り柄のような子ですから。それじゃあ、ごゆっくり」

女将さんは笑顔で頭を下げると、仕事に戻っていった。

大丈夫と言った手前、飯はちゃんと食わないとな。

『好き……好き？　あのロリがコハクのことを好き？』

『同族……可愛い……ロリ可愛い同族……』

「いや、子供の言うことだろ」

何惚けてるんだこの二人は。

『コハク、あんた何もわかってない！』

『好きになるのに性別や年齢や種族は関係ありません！　要はどれだけ相手を愛しているかです！』

『ボクもコゥ好きぃ。好きぃ』

あーうん、俺もみんなのこと好きだから。だからそんなぐいぐい迫ってこないで。落ち着いて飯が食えん。

宿フルールの絶品料理に舌つづみを打つことしばし。フレデリカちゃんが、カウンターの奥からひょっこり顔を出した。

「お母さーん。お父さんが、そろそろスパイスが切れそうだってー」

「えっ、本当？　倉庫にはなかった？」

「ないよー」

「どうしましょう。今日は私も忙しいし……」

…………。

「女将さん。俺が買ってきましょうか？」

「そ、そんな悪いですよ！」

「気にしないでください。俺、困ってる人は見捨てないのが信条なんで。いつもお世話になってるし、これくらいさせてください」

「……じゃあお願いできますか？　そうだ、案内としてフレデリカも連れてってください」

「わ、私!?」

確かに、スパイスなんて買ったことないからな。いつもどこで買ってるのかなんてわからないし。

「わかりました。フレデリカちゃん、よろしくね」

「ぁぅ……わかり、ました」

顔を真っ赤にしてモジモジしている。

そこまで照れられると、こっちまで照れちゃうんだけど。

『ぎゅぬぬぬぬっ……！』

『ぎりりりりっ……！』

二人とも血涙を流して睨みつけないで、軽くホラーだから。

女将さんからお金を預かり、フレデリカちゃんと宿を出た。

こうしてゆっくり大通りを歩くのは初めてだ。いつもはギルドと宿の往復だったから、ちょっと新鮮。

あっちをキョロキョロ。こっちをキョロキョロ。

そうしてると、隣のフレデリカちゃんが可笑しそうに笑った。

「どうしたの？」

「いえ。なんだかお兄ちゃん、子供っぽいところもあるんだなって思って。ちょっと可愛いです」

なんと。これでも真っ当に不純な大人って自覚はしてたんだが。

いかん。ここはしっかり、ピシッとしないと。

背筋を伸ばし、キリッとした顔をする（当社比）。

「ふふ。可愛いです」

『ほう。フレデリカ様、よくわかってらっしゃる』

『コハクってたまーにすごく可愛いのよね』

……解せぬ。

そのまま、軽く世間話をしながら大通りを歩いた。

「お兄ちゃんってハンターさんなんですよね？　今までどんな魔物と戦ったんですか？」

「でっかい蜘蛛と戦ったよ」

「蜘蛛さんですか？　どのくらい大きいんですかね？　私くらい？」

「宿フルールが押し潰されそうなくらいにはでかかったな」

「ええっ!?　そんなの街に出たら、みんなぺっちゃんこです！」

絶望的な顔をしているフレデリカちゃん。

いいリアクションだ。話しがいがある。

「ああ。でもみんなのおかげで無事倒せたよ」

「みんな？」

「ほら、俺テイマーだから」

「あっ、なるほど！　……お兄ちゃんの使い魔さん、どこにいるんです？」

あっ……あー、しまった。どう説明したらいいか……。

『全く、仕方ないわね』

え、クレア？

クレアはフレデリカの頭の上に座ると、炎を灯した指で空中に何か書いた。

『はじめまして、フレデリカ。私はコハクの使い魔、クレアよ』

「！　火の文字が……！」

『訳あってあなたには見えないけど、こうして文字でなら会話はできるわ』

「そうなんですね！　はわわっ、見えない使い魔さんっ、はじめまして……！」

え、信じた……？

フレデリカちゃんが信じたことに困惑してると、スフィアが説明してくれた。

『子供はいい意味で単純ですからね。もし大人に同じようなことをやったとしても、ご主人様が何か策を弄したとしか考えないのです』

「なるほど……」

幻獣種《ファンタズマ》が文字を書いてるなんて説明しても、大人は信じないか。

二人が楽しそうにしているのを見ながら、大通りを進む。

すると。

「ねえ、聞いた？　子供の失踪事件」

「先月で三回目だってさ」

「一ヶ月に一人……怖いねぇ」

「今月はまだだってよ」

「神隠しだって噂だぜ」

……なんだろう。神隠し？

なんだか不穏だな。

「フレデリカちゃん、神隠しって聞いたことある？」

「神隠し、ですか？　いえ、ないです」

「そう……」

井戸端会議の内容からすると、昨日で三人の子供が消えたみたいだ。

一ヶ月に一人……神隠しか。

「フレデリカちゃん、おつかいして急いで帰ろうか」

「えー。もうちょっとデートしましょうよ！」

「だーめ。大将もスパイスがなくて困ってるだろうし、急ごうね」

「むー。あーい」

むくれるフレデリカちゃんの頭を撫でると、嬉しそうに笑顔になった。

『ご主人様』

「ああ。調べてくれ」

『畏まりました』

スフィアの目が妖しく光る。

そのまましばし。

『――検索にかかりません。神隠しという事象は存在しませんね』

「そうか」

てことは、人為的なものか。それとも幻獣種《ファンタズマ》が関係するものか。

いや、幻獣種《ファンタズマ》はこういうことはしない。

だけど、月に一度子供が消えたって、どこかで聞いたことがある気がする。

どこだ……どこで聞いたんだ？

『月に一度十五歳未満の子供を誘拐して生きたまま燃やす――』

あ。

「お兄ちゃん？　お顔こわいよ？」

「っ！　……なんでもないよ。さ、行こう」

「うんっ」

◆◆◆

目当てのスパイスを買い、宿に戻ってきた俺たち。

今日はギルドに向かわず、部屋に引きこもった。

「スフィア。これってまさか」

『ええ。私も同じことを考えてました』

やっぱり、スフィアも気付いていたか。

『何々？　何の話？』

『わかんない』

クレアとフェンリルがこてんと首を傾げた。

「どうやら、一ヶ月に一人の頻度で子供が失踪する事件が起きてるらしい。神隠しって噂だ」

『神隠しねぇ……でも、コハクはそうは思ってないんでしょ？』

「ああ。思い当たる節がある」

アシュアさんが言っていた。

子供を誘拐し、火の精霊に捧げるため生きたまま燃やす非人道的な組織。

「【紅蓮会】が動いてる可能性が高い」

【紅蓮会】。この言葉に、みんなピクっと反応した。

三年前にダッカスさんを死に追いやった、非合法の組織だ。

話にしか聞いていないけど、このやり口。

『ちょ、それ本当なの？』

「間違いないだろうね」

『外道め……！』

クレアの体が怒りで燃え上がる。

比喩ではなく、物理的に。

『スフィア！　そいつらの場所を今すぐ教えなさい！』

「クレア、ストップ」

『どうして！　火精霊を崇めてるなんて言われてるのよ！　私の名誉を傷つけてる！　無関係じゃないわ！』

「君の怒りはわかってる。でも、落ち着いて」

クレアの頬をそっと撫でる。

ぐっ、熱い――――！

クレアの炎で焼かれる右手。

呆然としていたクレアも、直ぐに炎を消した。

『コハク、あんた何で……！』

『ご主人様っ！』

『コゥ！　大丈夫!?』

みんな、直ぐに駆け寄ってきてくれた。

スフィアがフルポーションを振りかけると、見る見る傷が治っていく。

本当、優しい子たちだ。

『あなた！　我らが主を傷付けるなんて、それでもご主人様に仕える幻獣種《ファンタズマ》ですか！』

『ガルルルルッ――――！』

『な、何よ、私のせいだって言うの!?　私だって好きでコハクを傷付けたりしないわよ！』

『そもそも怒りに任せて炎を出したのが半人前だと！』

『はあぁっ!?』

…………。

「みんな――落ち着け」

『『はっ』』

俺の一言で跪く三人。

本当はこんな風にされるのは嫌いなんだけど。

「わざとじゃないっていうのは、俺がよくわかってる」

クレアの頭を撫で、次いでスフィア、フェンリルの頭も撫でる。

「ただ、熱くなりすぎ。確かに今から【紅蓮会】に乗り込んで組織を潰すのは簡単だ。でも一人でも逃がせば、同じような組織が作られかねない」

三年前、ダッカスさんが【紅蓮会】の壊滅へ向かったとき、抵抗できずに殺されたとは考えづらい。

あの人のことだ。絶対半数以上は道づれにしてることだろう。

「壊滅寸前に追いやられてなお、三年掛けてでも人数を集めて再興した。それほど執着してる組織だ。一網打尽にしないと、いたちごっこになる」

『……わかったわ。ごめんなさい、焦っちゃって』

シュンとするクレア。

再度頭を撫でると、ほにゃっとした顔で俺の肩に飛び乗ってきた。

「ここからは二手に分かれる。俺とクレアはギルドへ情報の提供。スフィアとフェンリルは、アジトの場所を突き止めてくれ」

『うん！』

『承知しました』

『ワオーーーンッ！』

よし、じゃあ行こうか。

『あ、少々お待ちください、ご主人様』

「ん？　どうしたの？」

珍しくスフィアがモジモジしてる。

バツが悪そうに目を逸らしていたが、意を決してクレアを見つめた。

『な、何よ』

『……先ほどは感情的になり、言いすぎてしまいました。申し訳ございません……クレア』

『ごめんね、クレア』

おぉ……あの二人がクレアに謝ってる。

特にスフィア。あれほど犬猿の仲だったのに。

クレアも面食らった顔をしていたが、直ぐに頭を下げた。

『私こそ、ごめん。熱くなっちゃって……』

『いえ。……最悪の組織に勝手に崇められて、子供を捧げられているあなたの気持ちを考えると、感情的になる気持ちもわかります。……ご主人様の護衛、任せましたよ』

『……ええっ、任せなさい！』

うんうん。やっぱり、みんな仲よしのほうが俺も嬉しいよ。

「じゃあ、後で宿に集合。行け」

『『はっ！』』

◆◆◆

宿を飛び出し、俺とクレアはテイマーギルドへと向かった。

「サリアさん」

「あら、コハクさん。今日は遅かったですね」

「ちょっと色々ありまして……トワさんいます？　話したいことがありまして」

「マスターですか？　いますよ。少々お待ちください」

サリアさんがギルドの奥に引っ込むと、しばらくして戻って来た。

「コハクさん、こちらへ。マスターの許可が下りました」

「ありがとうございます」

サリアさんに続き廊下を歩く。

そういえば、トワさんとは久々に会うな。

「マスター、コハクさんをお連れしました」

「はぁ～い」

この間延びした声。相変わらずみたいだ。中に入ると、女性特有のいい匂いに包まれた。

ファンシーな内装の部屋。

トワさん自身の匂いなのか、鼻腔をくすぐる匂いに男心がざわつく。

「コハクさん。お久しぶりで〜す。お元気でしたかぁ〜？」

「お久しぶりです、トワさん。すこぶる元気ですよ」

「ふふふ、それはよかったです〜。さあ、ソファーに座ってくださ〜い。今紅茶を淹れますねぇ〜」

「ありがとうございます」

勧められるままにソファーに座る。

紅茶を入れているトワさんの背を横目に、早速本題を切り出した。

「トワさん。街で噂されている件は知っていますか？」

「唐突ですね〜。噂の類いは色々と聞きますがぁ〜、直近では子供の神隠しですかねぇ〜」

「では、神隠しの正体はわかっていますか？」

「いえ、そこまでは……一ヶ月に一人の頻度でしか起こらない上に、まだ三回。場所もランダムなので足取りも掴めていません」

トワさんも切羽詰まっているのか、いつもの間延びした声ではなく、真面目な口調になっていた。

「神隠し、もしかしたら解決するかもしれません」

「……何かわかっているのですね」

「はい」

入れてくれた紅茶を飲み、推測も含めて話した。

この失踪事件には、【紅蓮会】が動いてる可能性があることを。

【紅蓮会】……三年前のあれ以降、大人しいとは思っていましたが……」

「あくまで可能性ですが」

「いえ、考えると三年前も同様の手口でした」

やっぱり。

「トワさん、【紅蓮会】の情報を教えてください。お願いします」

「……わかりました。本来ならプラチナプレート以上にしか開示できない決まりですが、コハクさんなら大丈夫でしょう」

トワさんから【紅蓮会】の情報をあるだけ聞き、俺とクレアはギルドを後にした。

『儀式の時じゃないと、信者は全員集まらない、か……つまり今月の子供が攫われたタイミングじゃないと、一網打尽にできないって意味よね』

「ああ……とりあえず、宿に戻ろう」

クレアを伴い宿に戻ると、既にスフィアたちが戻って俺たちを待っていた。

『コゥ、おかえり！』

『お帰りなさいませ、ご主人様』

「うん、ただいま。……その様子だと見つかったみたいだね」

『はい』

スフィアの目が光り、ホログラムの地図を出す。

今俺たちがいる場所を青い点。【紅蓮会】のアジトがある場所を赤い点で表示した。

これは……どうやら街中じゃないみたいだ。

場所からしてアレクスの郊外。多分、古びた教会だな。

『こちらが【紅蓮会】のアジトになります。現在この場にいたのは十三人。話を聞く限り、構成人数は四十三人ほどです』

「かなり多いな……特徴は？」

『この場にいた人間は全員赤いローブを着ていました』

と、ホログラムで赤いローブを着た人影が映し出された。

フードを目深にかぶり、頭から足まで覆う長いローブだ。

その数十三人。

「身長差はあるけど、これだけじゃ男か女かもわからないか」

『フェンリルが匂いで判断した結果、男が九人。女が四人だそうです』

『オスとメスのにおい、わかりやすい！』

「なるほど。でかした、フェン」

『えへへ～』

フェンリルの頭を撫でると、わかりやすく尻尾を振った。

でも男女の人数はわかっても、どこの誰かがわからないんじゃ見つけるのは難しいな。

……今考えても仕方ないか。

「今からトワさんと一緒にバトルギルドに向かう。アシュアさんたちも【紅蓮会】を壊滅させたいだろうし、味方は多いに越したことはない」

『ダッカスの敵討ちだもんね！』

『確かに、逃げられるようなことがあってはなりませんから』

子供は人類の宝だ。未来ある少年少女を殺させるような真似、断じてさせない。

『それともう一つ。調査した結果、直近の失踪事件と三年前の失踪事件は新月の夜に発生していたそうです』

「新月……次の新月はいつ？」

『三日後です』

三日か……。

【紅蓮会】にばれないように秘密裏に対策するとなると、間に合うか微妙なところだ。

だけどやるしかない。

俺だけじゃ不安だが、この街には俺に味方してくれる人が沢山いる。

だから……大丈夫だ。

◆◆◆

バトルギルド。

戦闘職だけを集め、争いごとにおいては右に出るギルドはいない最強のギルドに、トワさんと一緒に来ていた。

ギルドの前に運よくアシュアさん、コルさん、ロウンさんがいた。

そこまではいい。

だけどその三人とは別に、第三者が居合わせたのだ。

黒髪に赤い瞳。一見少年のように見える男だが、そこにいるだけで圧倒的な威圧感を放つ。

バトルギルドのギルドマスター、レオン・レベラードだ。

ミスリルプレートのアシュアさんたちと同じ……いや、それ以上の存在感を感じる。

さすが、バトルギルドを腕っぷし一つで纏め上げているだけある。

しかし、だ。

バトルギルドのギルドマスター室は、重苦しい空気に支配されていた。

「やあトワ。久しぶりだね。相変わらず化粧が濃い。シワ隠しかな？」

「ええ、久しぶりですねぇ～おチビさん。少し身長は伸びましたぁ～？」

「ははは。俺は身長を伸ばす分の才能を全て天職に注いでいる。君こそ、無駄にでかいだけの乳に才能を持っていかれて龍種《ドラゴン》を扱いきれてないじゃないかい？」

「ふふふ。身長が伸びない劣等遺伝子が何を言っても僻みにしか聞こえませんねぇ～。なんなら慰めてあげましょうかぁ～？　おっぱい飲みます？」

「はははは」

「ふふふふ」

トワさんとレオンさんは、さっきからこの調子でバチバチに睨み合っている。

明らかに仲が悪い。なんで?

我慢できず、隣に立っていたアシュアさんに声を掛けた。

「あの二人ってなんで険悪なんですか?」

「よく知らないけど、昔色々あったらしい。俺も、まさかこんなタイミング悪くあの二人がかち合うとは思わなかった……」

「なんか、すみません」

「コハクくんの謝ることじゃないよ」

それにしても仲が悪すぎる。こんなんじゃ話が進まないんだけど。

どうしたもんかと頭を悩ませていると、レオンさんが俺のほうを見た。

「コハク? ……ああ! 君が幻獣種《ファンタズマ》テイマーのコハクか!」

「えっ……あ。は、はい。そそそうです」

唐突に話し掛けられてめちゃめちゃどもった。恥ずかしい。

レオンさんは満面の笑みでソファーから立ち上がると、まるで値踏みするように俺の頭から足先をじろりと見る。

「……うん、いいオーラだ。魂の高潔さを感じる」

『！　ごごごご主人様！　この人絶対いい人です！』

『コハクの魂のよさに気付くなんて、見る目あるわねこいつ！』

『ちっちゃいけど！』

君たち、俺がちょっと褒められただけでちょろすぎません？

「——む。いるな、そこに」

……え？

レオンさんの視線の先を追う。

そこには、スフィア、クレア、フェンリルがいる。レオンさんの目は、間違いなく三体を見ていた。

「み、見えるんですか⁉」

「いや、見えはしない。だが、気配は強く感じる。三体いるね。凄まじい強さだ」

そ、そんな。今まで気配を探知できる人すらいなかったのに……！

……この人、いい人かも。

俺以外の人にみんなを感じてもらえた嬉しさを噛み締めていると。

ゴオオオォォォォッッ——！

トワさんから放たれる圧が強まり、部屋の床に亀裂が入った。

「レオン。うちのハンターに色目を使うの止めてもらえます？　……食い散らかすぞ」

「……へぇ。前線から退いて腑抜けたと思っていたが、見当違いだったらしい」

二人の視線が交錯する。

それだけで、空気の密度が濃くなった気がした。

「……まあいい。こんなことをしに来たんじゃないだろう、君も」

「ええ。私としてもこんなことで時間を奪われたらたまったもんじゃありません」

「じゃ、コハク。また後で話そうね」

「あ……はい」

え、俺に話、ですか？　何言われるんだろう。怖い。

「それで、要件は？」

レオンさんがソファーに座って続きを促す。

トワさんも若干イラっとした表情になったが、そこはぐっと我慢して本題を切り出した。

「……三年前に逃げた、【紅蓮会】の足取りについてです」

「「「――――ッ！」」」

この場にいる全員の目が見開かれた。

コルさんがずれた眼鏡を上げ、平静を保って口を開く。

「【紅蓮会】ですか……あの事件以来大人しいとは思っていましたが……」

「また動き出したってのか、あのクズ野郎ども！」

ロウンさんが激高し、壁を殴って簡単に穴を開けた。

それに対して誰も何も言わず、レオンさんは腕を組んで黙考する。

「……トワ。間違いないのか？」

「ええ。うちの優秀なコハクさんが調べてくれたので、間違いないかと～」

「……コハク。詳しいことを教えてくれ」

「わかりました」

◆◆◆

「――わかった、信じよう」

簡単に説明しただけなのに、あっさりと信じてくれた。

「……信じてくれるんですか？」

「うん。アシュアから君のことは聞いているから。アシュアが信じる君を、俺は信じるよ」

「……ありがとうございます」

深々と腰を折るとレオンさんは立ち上がり、アシュアさんたちを一瞥した。

「お前ら、ダッカスの弔い合戦だ。次で【紅蓮会】を潰す」

「了解」

「腕が鳴るぜ！」

「絶対逃がしません」

闘志を燃やしている三人。

バトルギルドのミスリルプレートが味方にいるんだ。これほど心強いものはない。

「テイマーギルドからも、ミスリルを二人出しますねぇ～」

「あいつらか……助かる」

そういえばテイマーギルドのミスリルプレートには会ったことないな。

どんな人たちなんだろう。

「今回は人数が多すぎるとバレる可能性がある。ここにいるメンバー。それとテイマーギルドからのミスリルプレートが二人。合計八人で対処する」

当たり前のように俺もメンバーに組み込まれてるのね。

まあ、自分で言うのもなんだけど、幻獣種《ファンタズマ》の三人がいれば足でまといにはならないだろう。

しかし問題は、どうやってその組織をおびき出すか……。

「マスター、よろしいですか？」

「コル、なんだ？」

コルさんが一歩前に出ると、俺の考えていた問題を口にした。

「三日後に奴らが子供を攫い、儀式を行うことはわかりました。ですが、これ以上子供たちを危険な目には遭わせられません。子供たちを被害に遭わせず、奴らを一網打尽にする策が必要です」

そう、奴らは神出鬼没。それこそ、神隠しなんて呼ばれるほどに。

子供たちは巻き込まず、秘密裏に動く策。

それを考えているが、何も思い浮かばない。

「ふむ……わかった。ならこうしよう。まずは街に神隠しの噂を流す。子供たちの安全を守るために。

それから――」

レオンさんが作戦を話した。

目を見張るような、だけど確かに上手くいきそうな作戦だ。

「トワ、テイマーギルドのほうでも噂は流してくれ」

「……っ……わかり、ました……ぷっ」

「殺すぞ」

トワさん、今ばかりは笑いを堪えてください。

ほら、レオンさんガチギレしてますから。

「こほんっ、では私たちはこれで失礼します～。コハクさん、行きますよぉ～」

「あ、はい。みんなさん、また後日」

「ああ。コハクくん、やってやろう」

「お互い頑張りましょう」

「ギッタギタにしてやろうぜ！」

アシュアさん、コルさん、ロウンさんが突き出してきた拳に、俺も拳をぶつける。

こういうの、ハンターらしくてちょっと嬉しい。

「じゃあコハク。またね」

「はい。レオンさん、失礼します」

しかし、俺は気付かなかった。

この時レオンさんが……不敵な笑みをこぼしていたのを。

◆◆◆

テイマーギルド、バトルギルドの秘密裏の話し合いが行われた、三日後の夕方。

テイマーギルドのギルドマスター室に、俺とトワさん以外の二人の人間がいた。

「【紅蓮会】ねぇ。まーたアイツらやってんのかい。ダリィ……」

ボサボサの黒い天パは目元まで伸び。よれた服は着崩され、口元には無精髭。

その背後には漆黒の獅子が二体。

胸元には、テイマーギルドのミスリルプレートが光っている。

獣種《ビースト》の中でも、獣王種《キング》しか使役できない異端児。

獣王種《キング》テイマー、ザニア・ウルクライン。


「ザニアァァ！　貴様、相も変わらずたるんでおるな！　そこに直れ！　矯正してやる！」

淡いクチナシ色のロングヘアーを緩い三つ編みにし、瞳は燃えるような赤。

赤と白が入り交じった軍服のような服を着ているが、豊満な胸は隠しきれていない。

背後には人間と同じような姿を持つ、半透明の魔物が三体。

胸元には、ザニアさんと同じくテイマーギルドのミスリルプレートが光っている。

自然種《ナチュラル》の中でも超希少種、妖精種《フェアリー》を使役するテイマー。

妖精種《フェアリー》テイマー、コロネ・ザンバート。


「コロネちゃ～ん、怖い顔しないでぇ。ま、怒った顔も可愛いんだけどねぇ」

「去勢するぞ貴様。私に触れるな」

……この人たちが、テイマーギルドのミスリルプレート……。

「想像と違う、って顔していますよぉ～」

「えっ⁉　あ、いやぁ……」

さすがトワさん、鋭い。

しれっと目を背けると、コロネさんとザニアさんが俺を睨めつけた。

「貴様が幻獣種《ファンタズマ》テイマーか？」

「あ……はい。コハクと言います」

「へぇ～。いい面してるじゃない」

ザニアさんは楽しそうに笑い、フェンリルのほうを見る。

「天狼フェンリルか。あの月食い伝説と依頼を共にできるなんて光栄だぜ」

月食い伝説？　フェンリル、そんな伝説があるの？

「……見えているわけじゃないですよね？」

「ああ。俺の使い魔、黒獅子が教えてくれた」

見ると、ザニアの後ろに控えている二体の黒獅子がフェンリルの前に頭を垂れた。

『うむっ、くるしゅーない！』

フェンリル、偉そうだなぁー。

いや、獣界の中では神様みたいな存在なんだろうけど。

と、今度はコロネさんが神妙に頷いた。

「ふむ、火精霊クレアか。原初の炎を使役するとは、コハク殿は素晴らしい才覚を持っているようだ」

原初の炎？

見ると、コロネさんの使い魔もクレアの前に跪いた。

『あんたら、そんな堅苦しくなくていいわよ』

やっぱりクレアも偉かったりするんだな。

……思えば、フェンリルたちについて、俺って何も知らないんだな。

後で幻獣種《ファンタズマ》について調べてみよう。

「さて～、顔合わせは終わりましたね～。……ではこれより【紅蓮会】殲滅へと向かいます」

「了解」

「へいへい」

「わかりました」

「では、行きましょう」

遂に始まる。

ダッカスさん、見ていてください。

絶対にあいつらを終わらせます。

◆◆◆

月明かりも星明かりもない深夜。

人通りが少ない大通りを見つめ、赤い外套を着た二つの影が裏路地を歩く。

「チッ。おかしい……今日は人が少なすぎる」

「恐らく新月の夜は外に出ないよう言われているんだろう。例の噂のせいだ」

「このままでは儀式に支障が出るぞ」

「……行こう。人通りは少ないとは言え、ゼロではない」

「ああ」

二つの影が溶けるように裏路地を駆ける。

音を立てず、空気を揺らさず。

常人では真似できない動きと速さだ。

「ふむ……いないか」

「どうする？」

「本来なら身の綺麗なガキがいいんだが……背に腹はかえられぬ。孤児を攫う」

「わかった」

孤児はバトルギルドがある大通りと、そこから外れた裏路地に多くいる。

だが……今日に限って、その孤児でさえ見当たらない。

「どうなっている？　孤児の数は百や二百じゃない。それが一人もいないのは不自然だ」

「どうする？」

「ふむ……む？」

目の端に捉えた影。

ボロボロの布を頭から被っている。男か女かさえわからないが、小さい。恐らく子供だ。

子供は二人に気付かず、ゴミを漁っている。

「あのガキにするぞ」

「了解」

まるで音を立てず、気配も気取られず、二つの影はするりと子供に近づき——麻袋で瞬時に包み込んだ。

突然のことで暴れるが、一人が近くにあったレンガブロックで殴り付けると、大人しくなった。

「おい、殺したんじゃないだろうな」

「人間、そんな簡単に死なん」

「……行くぞ」

裏路地を駆ける影を、もう一人が麻袋を持って追いかける。

この辺の裏路地は既に庭のようなものだ。

当然、外部への抜け道も知っている。

二人は廃墟となっている建物に入り、地下へ続く階段を走る。

「儀式まであと五分」

「間に合うな」

まるで迷路のような地下通路を駆け抜け、地上へ飛び出した。

アレクスから少し離れた位置にある古びた教会。

屋根は崩れ落ち、明らかに廃墟だというのがわかる。

扉に手をかざし魔力を流すと、鍵が開く音が響いた。どうやら、魔力の波長が合致しないと開かないよう細工が施されているらしい。

中に入ると、一つの影が二人を出迎えた。

「――来たか」

「すまない、遅れた」

「いや、定刻には間に合った」

中にいる四十一人の影。

身長もまばら。だが共通して、全員赤い外套をまとっている。

それらが囲っているのは、燃え盛る炎の柱。

麻袋を担いでいる一人が、炎の前に麻袋を置き、円陣に加わる。

「ではこれより儀式を執り行う。全ては我らの信仰する火精霊様のため」

「「「「火精霊様のため」」」」

外套をまとった信者が、白手袋を着けた手を合わせて奇妙な言葉を発する。

それに合わせて炎が揺らめき、まるで生きているかのように蠢く。

「さあ、火精霊様！　今宵も我らからの信仰をお受け取りください！」

まるで悪魔のような叫び。

それと共に、炎が麻袋を飲み込もうと動き。


「下衆共が」


暴風により炎が消し飛んだ。

「つくづく貴様らは下衆だな。吐き気がする」

「なっ――――!?」

麻袋が吹き飛び、中の子供がゆらりと立ち上がる。

どこから現れたのか、右手にはクリスタルで作られた槍。

そしてボロボロの布から覗くのは、血塗られた赤い目。

「な……何者だ……！」

「何者か？　そうだな……この中の何人かは知ってるんじゃないか、【紅蓮会】」

子供が布を剥ぎ取る。

その姿に、【紅蓮会】のメンバーのうち五人が小さな悲鳴を上げた。

「し、漆黒の髪……緋色の瞳……！」

「子供のような体躯……」

「ま、まさか」

「バトルギルド、ギルドマスター……」

「英雄、レオン・レベラードだぁ！」

ざわめく【紅蓮会】のメンバー。

だが、その中でもリーダー格なのか一人の男が手を挙げて落ち着かせた。

「……まさかここを嗅ぎつかれるとは。ここには人避けの魔法を掛けてあるのだが」

「こっちには優秀な子がいるんだよ」

「だがよいのか？　貴様は一人。こちらは四十三人。明らかに――」

「不利、と言いたいのか？」

レオンの言葉に、リーダー格の男は黙る。

レオンはため息をつき、呆れ顔で口を開いた。

「馬鹿じゃあるまい。貴様らを逃がさない布陣は、既に完成している。まあ——過剰戦力ではあるがな」

直後。

「ゴアアアアアアアアアアアアアアアアアアアアアアアアアアッッッッ！！！」


恐怖という本能を呼び覚ます、地鳴りのような咆哮。

それが頭上から聞こえ、慌てて見上げる【紅蓮会】のメンバー。

「なっ……龍種《ドラゴン》!?」

「きょ、教主様！　黒獅子もいます！」

「あちらには妖精種《フェアリー》です！」

穴の開いた天井から見下ろす暴力の権化。

その傍には、不敵に笑う三つの人影がいた。

「あらぁ～、怖がらせちゃいましたかぁ～？」

「ふあぁ、ねみぃ……マスター、時間外労働なんで残業代弾んでくださいよ」

「ザニア。貴様はもっとミスリルとしてのプライドを持て」

龍種《ドラゴン》、獣王種《キング》、妖精種《フェアリー》を使役しているテイマーなど、この国に三人しかいない。

「暴虐、トワ・エイリヒム……！」

「獣王、ザニア・ウルクライン！」

「不撓不屈、コロネ・ザンバート！」

それぞれの異名を呼ばれ、トワは恥ずかしそうに笑った。

「恥ずかしいわぁ～、まだその異名で通ってるなんて～」

「俺なんてまんまよ、まんま。もっと捻ってよね。コロネちゃん、何かいいのある？」

「獣臭」

「それ単なる悪口だから」

頭上に現れたテイマーギルド最高戦力。これだけでも手に負えない。

が――それだけでは終わらなかった。

「逃がさないよ、君たち」

「とりあえず燃やされてみます？」

「片っ端からぶっ殺す！」

背後の入口から入って来た三人の影。

それを見た【紅蓮会】は、更に愕然とした。

「剣の申し子、アシュア・クロイツ！」

「魔法図書、コル・マジカリア！」

「魔闘拳鬼、ロウン・バレット！」

いずれギルドが乗り込んでくるとは思っていたが、想像以上に悪夢のような光景だ。

さすがのリーダー格も、驚きを禁じ得ない。

「……ッ！　総員窓から逃げろ！　離脱だ！」

前門の虎、後門の狼、頭上に龍。

窓からならまだ逃げられる可能性がある。

だが。

「だ、ダメです教主様！　窓へ近付けません！」

「見えない壁があります！」

「何!?」

魔法を使われた兆候はなかった。

だが確かに、窓に近付けないでいる。

見えない何かを壊すべく剣や魔法で攻撃するが、そのことごとくを弾かれていた。

「な、何がどうなって……！」

「無駄だ。この防御シールドは数千年先の技術。今のあんたらじゃ破壊することはできない」

「っ！」

突如、空気からにじみ出るかのように、レオンの隣に何かが現れた。

茶色がかった黒髪。金茶色の瞳。

白いローブに片手剣が一つ。左胸にはテイマーギルドのシルバープレート。

驚くほどの軽装。

だが、長年の勘からか頭の奥で警報が鳴った。

この男は殺すべきだ、と。

◆◆◆

「やあコハク。そこにいたんだね、気づかなかったよ」

「超光学迷彩っていう科学の力で……って、今はそれどころじゃないですね」

驚愕する【紅蓮会】の前には、俺とレオンさん。

後ろにはアシュアさん、コルさん、ロウンさん。

上にはトワさん、ザニアさん、コロネさん。

プラスして最強と言われる使い魔各種。

圧倒的かつ絶望的な戦力差。レオンさんが過剰戦力と言ったのも頷ける。

四十三人の悪党に対しては、余りにも過剰すぎる力だ。

それなのに……あのリーダー格の男からは不穏な気配がする。

余裕……とも違う。何かする気だな。

『ご主人様。《技能付与《エンチャント》》致します』

「頼む」

スフィアが剣士の技能を付与した。

細胞の一つ一つが、剣士の力を得ていく。

それを自覚していると、隣のレオンさんが「へぇ……」と目を見開いた。

「雰囲気が変わった……剣士の心得でもあるのかい？」

「まあ、ちょっと裏技を使いまして」

「……やはり思っていた通りの人材だ、君は」

……思っていた通り？　どういう意味だろう。

それを聞こうとすると――俺の肌を殺気が貫いた。

「クレア！」

『ええ！』

咄嗟にクレアが俺の前に躍り出ると、指を鳴らした。

次の瞬間、目の前まで迫っていた炎の槍が霧散する。

「なっ、魔法の強制解除……!?」

「馬鹿な！　魔法図書は動いてすらないぞ！」

ああそうか。クレアのことを見えない人間から見たら、突然魔法が掻き消されたように見えるのか。

「全員武器を取れ！」

リーダー格の指示で、全員懐にしまっていた武器を取り出す。

あの武器から放たれる感覚――間違いない。

「魔法武器か」

『ご主人様、あれは全て魔法武器と思われます。その中で……十五本は、ザッカスさんの銘が刻まれています』

やっぱりそうか。

リーダー格の男が魔法剣を俺に向けて咆哮を上げる。

「あの男を殺せ！　奴がこの見えない結界を維持している！」

「「「「おおおおおっ！！！！」」」」

野太い声と共に、【紅蓮会】が全員俺へ向かって駆け出した。

「コハク、一人でも大丈夫？」

「はい。俺にはみんながいますから」

俺を守るように威嚇しているフェンリル。

傍から離れず、腕をミサイル砲にして構えるスフィア。

両腕に炎を灯しているクレア。

戦闘準備万端って感じだ。

「わかった。それなら、こちらも行かせてもらう！」

レオンさんが駆け出し、アシュアさんたちも走る。

それを合図に、屋根から黒獅子と妖精種《フェアリー》も飛び出した。

「クルシュちゃんは、ここでお留守番ですよぉ～。あなた、おっきいですからぁ～」

「グルルル……」

ちょっと寂しそうなクルシュ可愛い。

「ハッ！」

レオンさんがクリスタルの槍を構え、横薙ぎに払う。

それだけで敵が五人吹き飛んだ。

更にコルさんは水の槍を連射。

ロウンさんも一段りで複数の敵を吹き飛ばした。

が……敵は受身を取り、すぐさま反撃してくる。

「へぇ！　やるじゃねーか！」

「動きはゴールド並……中にはプラチナに近い人もいますね」

確かに、このスピードと体捌き……並のハンターじゃ相手にもならないだろう。

ミスリルの戦闘職三人、ギルドマスター一人。獣王種《キング》、妖精種《フェアリー》を相手にしてこの動きは尋常じゃない。

「まずは周囲から削れ！」

リーダー格の指示のもと、四人から五人のチームになった。

鋭い剣筋、絶妙なコンビネーション。更に何人かいる魔法師が、タイミングよく援護している。

よく訓練された動きなのは明白だった。

「あらら。ダリィなぁ。俺の使い魔、狭いところの戦闘が苦手なんだけど……ノワール、ネロ。ちょっと本気出していいよ」

ザニアさんの言葉に、黒獅子二体《ノワールとネロ》の黄金の目が妖しく光る。

筋肉が隆起し、二体の体が一回り大きくなった。

直後――その巨体からは考えられないスピードで敵に近付き。

「速ッ――」

前脚を振るい、防御シールドと挟んで敵を叩き潰した。

相手も決して弱くはない。むしろ、俺とタイマンで戦えば間違いなく俺が負けるだろう。

それが、まるで潰れたカエルのように息絶えた。

「ふむ。アイレ、アネモス、リーフ。ザニアの獣風情に遅れを取るな。蹂躙せよ！」

コロネさんの指示により、妖精種《フェアリー》三体の体が緑色に輝く。

あれは……妖精種《フェアリー》の魔法、自然同化か。

自然同化。

妖精種《フェアリー》は自然の力をその身に宿し、自然と一体になることで莫大な力を得るらしい。

妖精種《フェアリー》の色によって同化できる力は決まっているらしいが……あの色、それにこの魔力。三体共、風の力を得ているみたいだ。

アイレ、アネモス、リーフが両手を前に突き出す。

「っ！　逃げ――」

次の瞬間。三体から放たれた突風により、目の前にいた四人が防御シールドに叩きつけられて絶命した。

「ふん。他愛もない」

「ちょっとちょっと。俺の大切なノワールとネロを獣風情ってのは聞き捨てならないよ」

「男など全て獣。それは貴様も同じことだ、ザニア」

「いやいや、俺ちゃん紳士よ?」

「黙れ。去勢するぞ」

「しどい」

……凄い……何と言うか、使い魔に任せっきりじゃない。ちゃんと指示を出し、使い魔の力を引き出している。

そう言えばトワさんも、《魔力付与《エンチャント》》を使って黒龍《クルシュ》の力を底上げしていた。

使い魔たちが好きに力を使うだけじゃなく、使い魔の力を上げて手助けする。これが、テイマーの本当の戦い方か。

「テイマーギルドもやりますね。ロウン、こちらも見せてあげましょう」

「おうよ!」

ロウンさんが拳同士をぶつけて火花を散らす。

同時にコルさんが詠唱を唱えた。

余りにも速い詠唱。全く聞き取れない。

詠唱が完成すると同時に、散らした火花が業火となってロウンさんの体にまとわりついた。

「《魔力付与《エンチャント》・フレイム》!」

「ぶちかますぜァ！」

両腕から吹き荒れる業火。

ロウンさんが握り拳を作ると、業火は拳に集まり圧縮される。

色が赤から青。青から白へ変化していく。

「魔闘殲滅流――鬼殴打！」

「ヒッ――」

その形相に敵は恐怖の悲鳴を上げるが、ロウンさんは敵の腹部へと拳を叩きこむ。

しかし敵も魔法武器を腹部と拳の間に滑り込ませ、ギリギリのところでガードする。

が。

「オルァァァァアア‼」

「ゲバッ」

魔法武器をへし折り、腹部へ直撃。

体はくの字に折れ曲がり、勢いをそのままに防御シールドへと叩き付けた。

「ば、化け物――！」

「俺が化け物だぁ？　まだまだこれからだぜ！」

いや、《魔力付与《エンチャント》》してるからって、魔法武器を破壊してる時点で化け物すぎるでしょう。

「ロウン、そっちは任せましたよ」

「おうよ！」

コルさんは目を細め、戦いの中央にいる三人の魔法師へと目を向ける。

「あなた方も《魔力付与《エンチャント》》しているようですね。面倒なので片付けさせてもらいます」

「うっ……！」

「ひ、怯むな！　こちらは三人！　過去にプラチナプレートも破っている！」

「手数で魔法図書を潰すぞ！」

三人が魔法武器の杖を構えて詠唱を始める。この三人の詠唱も目を見張るスピードだ。

だが。

「遅いですね」

コルさんが杖で床を突く。

次の瞬間、足元に水色の魔法陣が展開。

辺りに冷気が立ち込め、三つの氷の槍が現れた。

狙いを定め。

「なっ⁉」

「無詠唱――」

掃射。

突然のことで反応できず、敵魔法師は抵抗することなく氷の槍に貫かれた。

「残念ながら無詠唱ではありません。この魔法杖には魔法を保存する力があり、その数は五百。発動スピードは無詠唱の比では……って、説明しても無駄ですか」

……圧倒的すぎる……。

破壊力が群を抜いているロウンさん。

その力を更に引き出しつつ、自分自身の戦闘力も並ではないコルさん。

しかも、二人ともまだ全然本気じゃなさそう。

これがバトルギルド、ミスリルプレートの力……。

それを見ていたアシュアさんが、不敵な笑みを零す。

「二人ともやるな。なら――俺も少しやる気を見せよう」

ゾッ――。

な……なんだ……？　アシュアさんの圧が、一段高まった……！

全身の毛が逆立つような圧。その圧に、敵味方関係なく一瞬動きが硬直した。

鞘から鈴を鳴らしたような音と共に、剣が引き抜かれる。

それと共に、アシュアさんの周りに小さな白い光が灯った。

無数に現れる白い光。それらが大きくなり、光同士が合体し、更に大きな光となってアシュアさんを包み込む。

「初お披露目だ。――《剣聖の加護》」

直後、炎のように揺らめく光が、七色に変化。

瞳も七色に輝き、底知れない何かを放つ。

「け……《剣聖の加護》!?」

「馬鹿な！ 《剣聖の加護》はターコライズ王国の剣士に授けられている唯一無二のスキルだぞ！」

「何故貴様が……！」

えっ、そうなの？

ターコライズ王国に剣聖のスキルを持ってた人がいたんだ……。

「さあね。でも、今は俺が持っている。これは動かない事実だ」

確かに。

あれが剣聖の試練で手に入ったスキルだとすると、ターコライズ王国の剣聖はスキルを失ったことになる。

……何故？

「そんなこと気にする余裕があるなら、自分の命を守ったほうがいいよ。……このスキルを使うと、ちょっと加減できないから」

「ッ！ 逃げ――」

一瞬、アシュアさんの姿がぶれ、廃墟に不協和音が響いた。

だけど……何も、起こらない？

何をしたんだ、アシュアさんは？

【紅蓮会】も首を捻って互いに顔を見合わせる。

「な、何だ……？」

「何も起こらない……？」

「……い、今がチャンスだ！」

「そうだっ、今のうちにやちゅをろぉら？」

「お、おいどうしだろろろろろろろ」

グシャアッ――。

え……ぁ……え……？

い、一瞬で……十人もミンチに……!?

「《剣聖の加護》。俺の中に眠る潜在能力を全て引き出し、更に戦闘力を倍増させるスキル。……剣聖の力、その身で味わうがいいよ」

え……えぇ……化け物すぎん、この人ら。

これ、俺完全にいらん子じゃん。

敵の人数も残り八人。しかもほとんどが戦意喪失状態だ。

そう、ほとんど。

……リーダー格の男を除いて。

「きょ、教主様！」

「助けてください教主様……！」

「こっ、こっ、このままじゃ……！」

「……ふむ」

確かに、このままじゃ奴らは全滅だ。

あれだけいた信者も、あと八人のみ。当然、俺たちは逃がすつもりはない。

それなのに……教主呼ばれる男は、未だに焦った様子を見せない。

レオンさんも訝しむように目を細めた。

「こんな絶望的な状態でその余裕……何か隠しているな」

「隠している、というほどのことでもないが――潮時か」

教主が掲げた剣。

どす黒いオーラが滲み出ている、禍々しい刀身だ。

明らかに普通の魔法武器じゃない。

でも……おかしい。

あんなものをザッカスさんが作ったのか……？

みんなにバレないよう、隣にいるスフィアに小声で話しかける。

「スフィア、あの魔法武器って、ザッカスさんの作ったものか？」

『違います。あれが作られたのは三百年前……斬った相手の魂を刀身に封印する呪われた魔法剣、【魂魄喰らい】です』

「斬った魂を？　……封印するとどうなるんだ？」

『魔力に変換され、刀身の斬れ味を高め……持ち主本人の、狂気を呼び覚まします』

狂気を呼び覚ます？

聞き慣れない言葉だ。どういう意味なんだ？

そのことを聞こうとした次の瞬間——野太い断末魔が上がった。

「ぎゃああああああああああああああああっ⁉」

「え……⁉」

し、信者を……味方を斬りつけた！

「教主様⁉」

「な、何をっ……ぎゃああああああああ！？！？」

「何をなさるのですかっ、教主さ……ああああああああああぁぁぁ⁉」

一人、また一人と斬り殺す教主。

乱心したのか、呪われた魔法剣に取り憑かれたのか。

とにかく狂気じみた光景だ。

「ん～？　トワちゃん、あれはちょーっとヤバい気がするよ」

「ですねぇ～。……クルシュちゃん」

「ゴルアアアアアアアアアアッッッ！！！！」

ブレス⁉　やばっ、このままここにいたら焼け死ぬ！

「クレア！」

『ええ！』

ブレスの熱波をクレアが掻き消す。

敵以外、この場にいる全員に熱波が届く前に守りきることができた。

「ふぅ……ちょっとトワさん！」

「怒らないでくださいよ～。コハクさんがいるから大丈夫だって思っていましたから～」

だからって事前打ち合わせとかできるでしょうに！

だけど、これであいつらは……。

『嘘……コハク、あれ！』

「え？　……なっ、なんで……!?」

もうもうと立ち込める煙の中に佇む教主。

あのブレスを食らって、傷一つ付いてないのか……！

最後の一人になっているにもかかわらず、フードの端から見える口元には狂気の笑みが浮かんでいた。

「おぉ……おぉ、おぉっ、おおっ！　偉大なる火を司りし、大いなる精霊よ！　今こそ！　今こそ我ら最大の信仰をお受け取りくださいませェ！」

『いらないわよ気色悪い！』

クレアの怒りも尤もだ。

だが……こいつ、何をする気なんだ？

魂魄喰らいを逆手に持ち、剣先を自分自身の喉へ突きつける。

『自殺かな？　自殺かな？』

「どうだろ……」

それなら俺らも楽でいいけど……俺の脳内危険警報がビンビンに鳴っている。

これは、そのままやらせちゃまずい気がする。

レオンさんもそう感じたのか、慌てて槍を構えて床を蹴る。

「アシュア、奴を仕留めろ！」

「了解！」

しかし、それよりも一歩早く。

【紅蓮会】に幸あれ！　外道魔法——《呪縛覚醒》！」

自分の喉に、魂魄喰らいを突き刺した。

直後、闇色の何かが教主の体から吹き荒れ、暴走する。

神経を逆撫でされるというか、近くにいるだけで嫌悪感で気が狂いそうになる。

いったい、教主が何をしたのかはわからない。

でもこれだけは言える。

今から出てくる『ナニカ』は、ここで仕留める必要がある！

「な、何だあれは！」

「おいおい。やばいんじゃないのこれ」

「これはちょっとまずいですねぇ～」

頭上から聞こえてくるトワさん、ザニアさん、コロネさんの声。

それよりも近くでこの圧を感じている俺たちは、言葉すら発することができずにいた。

高まる重圧。本能で察する嫌悪感。

だけど、この場から一歩たりとも動くことができない。

動いたら即死。そう予感させる何かが、闇の渦の中心から放たれる。

『この気配……スフィア！』

『ええ、間違いありませんね』

『あぁ、出ちゃったかぁ……』

クレアたち、何かに気付いてるのか……？

「ねえ、あれ何？」

『……あれこそが、剣神ライガの言っていた封印されし四つ目の種族です』

封印されし、て……まさか!?

『【紅蓮会】が信仰していたのは、火精霊ではありません。正確には、火精霊の名を騙り、生贄を捧げさせ自分自身の封印を弱めていた最悪の種族』

スフィアの目が嫌悪と憎悪に歪み。

『――魔族が、復活します』

予想通りの言葉が飛び出した。

「――スフィア！」

『はい！』

直感を頼りに、この場にいる全員に防御シールドを展開。

直後――防御シールドに阻まれ、地響きのような轟音と共に漆黒の何かが弾けた。

正直全く見えなかった。多分何らかの攻撃だろう。

「コハクさ〜ん、ありがとうございます〜」

「漆黒の槍……いや、棘か」

「いやぁ、速ぇ速ぇ」

上のほうから余裕そうな声が聞こえ。

「こよりのような棘でしたね」

「魔法というより、魔力の塊のようだな」

「はっはー！　とんでもねぇ速さだぜ！」

「コハク、助かったよ。ありがとう」

下にいるバトルギルドのみんなも見えていたみたい。

これが実戦経験の差か。

……って、落ち込んでる暇はない。

油断せず、吹き荒れる闇の中心を凝視する。

……何か見えてきたな。

闇の中でもくっきりと浮かび上がるほどの存在感。

頭には巨大な角。背中には人間の手のような奇形の翼。

そして闇の中に光る赤い瞳。

こいつは……もう言い逃れはできないな。

「魔族！」

「「「ッ……!?」」」

みんな、俺の言葉に驚愕する。

俺の一番近くにいるレオンさんが、魔族から目を離さず口を開いた。

「魔族……本当なのかい？」

「はい。俺の使い魔が教えてくれました。間違いなくあれは、三千年前に封印された魔族の一体です」

……っ。クソッ、体が無意識のうちに震える。震えが止まらない……！

あいつを前にしてるだけで、全力で逃げろって本能が叫んでる。

これが魔族……これが、一体で都市を壊滅させることのできる種族の圧力か。

魔族が右手を振るうと、体にまとっていた闇が吹き飛び、その姿が顕になった。

褐色の肌。灰色の髪。黒い目に赤い瞳。巨大な角、人間の手のような翼。

衣服ではなく、闇の炎をまとっている。

性別は男。思ったより華奢な体付きだ。

でもこの圧力……息をするのも苦しく感じるぞ。防御シールド越しとは言え、油断すると一瞬で殺されそうな雰囲気だ……！

魔族はゆっくりと首を動かし、俺たちを一人ずつ一瞥する。


「……■■■■■■■■■■■■」


ゾアァッ――！

な……え……なんだよ、今の声。

いや声じゃない。音だ。しかも不快に不快を重ねた、最悪の音。

それが魔族の口から発せられた。

「■■■■■？　■■■……そうか、人間にはこっちの言語でないとわからんか」

ぁ……急に人間の言葉になった。

さっきのは、いわゆる魔族語というやつなんだろうか。

人類の言語を話すようになった魔族は、再びみんなに目を向ける。

「ふむ……粒揃いだな。捧げられた魂は封印の解除に使ったからな……ちょうど腹が減っていた」

スッ……。右手が黒獅子のノワールへ伸ばされる。

あの右手、まずい！

「ノワール！　ネロ！」

ザニアさんも感じたのか叫ぶように指示を出し、ノワールとネロがその場から跳躍して逃れる。

同時に、魔族の右手が握られ――二体が元いた位置に、暗黒の球体が現れた。

おかしいぞ。今みんなには、スフィアの防御シールドを張っている。それなのに、まるでその内側に突如現れたように見えた。

『コハク、やばいわ。あれは黒死炎よ』

「黒死炎？　クレア、知ってるの？」

『ええ。生物が触れただけで魂を燃やし尽くす即死の炎。人間には扱えない防御無視の攻撃よ』

なんだって!?　なんて力を使ってるんだ、こいつ！

「みなさん！　今の黒いのは黒死炎というものです！　絶対に触れないでください！　即死します！」

「即死ですか～……」

「おいおい、ダリィな。冗談じゃねぇぞ……」

防ぐことのできない即死の魔法。

だからスフィアの防御シールドでも防げなかったんだ。

「ふむ……？　何故人間がこの炎を知っている」

「え？」

『ご主人様、私たちは同じ魔物にしか見えません。だからこいつには見えないのです』

なるほど、そういうことか。

幻獣種《ファンタズマ》は厳密に言えば魔物。

魔物同士には姿は見えるが、人間や亜人には見えない。

魔族にもそれは同じなのか。

魔族は俺を睨《ね》めつけると、俺へと手を向けた。

「……貴様からはよからぬ気配を感じる。まずは貴様から――」

「させないよ」

「ッ！」

アシュアさんが背後からの剣撃。

魔族はそれを、身を翻《ひるがえ》して回避。だが僅かに頬が斬れて青い血が流れた。

それも束の間、傷から闇の炎が噴き出し次の瞬間には完全に完治する。傷も一瞬で治るのか、魔族ってのは。

「いい動きだ。貴様、剣聖だな」

「なりたてだけどね」

二人の視線が交錯した。

そのお陰で俺への警戒が緩んだ。

と、思う！　そう思うことにする！

「みなさん！　あいつの攻撃は俺が何とかします！　みなさんは攻撃に専念を！」

「頼むよ、コハク！」

瞬きする暇もなく、レオンさんが魔族へと肉薄する。

それを合図に、全員が魔族へ向けて駆け出した。

「コル！　強化しろ！」

「はい！」

コルさんが魔法杖で地面を突く。

瞬時に全員の体が淡く輝き、《魔力付与《エンチャント》》されたのがわかった。

「オラオラオラァ!!」

ロウンさんの剛腕が魔族を殴り付ける――が、奴はそれを片手で受け止めた。

「何!?」

「いいパワーだ。精進すれば更にいい戦士になっただろうが……貴様はここで終わりだ」

「やばっ――！」

魔族の指先だか爪だかわからない鋭利な手が、ロウンさんへ向かって伸び――。

「俺の部下を殺らせはしないよ」

間一髪、レオンさんの槍がそれを弾く。

腕を切り返して心臓部へ向けて突き出すと、魔族はロウンさんの手を離して回避した。

「アイレ、アネモス、リーフ！」

コロネさんの声が響く。

三体の妖精種《フェアリー》が、回避した魔族へ向けて風の刃を放った。

「ふん。小賢しい」

魔族が腕を振るうと、漆黒の刃が放たれて風の刃を掻き消した。

妖精種《フェアリー》もギリギリ回避。

だがそのうちの一体の右腕が吹き飛んだ。

「アネモス！」

妖精種《フェアリー》は魔法耐性が異様に高い。

それなのに、魔法攻撃が有効になるなんて……魔族には常識は通用しないみたいだな！

「スフィアは防御シールドを徹底、クレアはあいつが使う炎系魔法を発動前に潰して。チャンスがあれば攻撃」

『畏まりました』

『了解よ』

スフィアの目が青く、クレアの手が赤く光る。

『コゥ、ボクは？　ボクは？』

尻尾をブンブン。お目目キラキラ。

戦いたくてうずうずしてるんだろうな、フェンリル。

「みんなを踏み潰さないなら、行ってきていいよ」

『ウオオオオオオンッッッ！！！』

フェンリルが雄叫びを上げて魔族へ向かい走った。

「ッ!?」

フェンリルの爪が魔族を襲う。

が、その殺気を感じ取ったのか紙一重のところで避けられた。

『む。避けるなー！』

「くっ！」

フェンリルの攻撃が当たらない……魔族は、危機察知能力もずば抜けてるらしい。

そんなみんなの攻撃を見て、俺は一人歯がゆい思いをしていた。

今、俺自身があいつに近付けば足手まといになる。なら、俺ができることをやるしかない。

コルさんの魔法による援護攻撃が魔族を襲う。

炎、水、風、雷、土、氷。様々な魔法が息付く暇もなく放たれる。だが魔族は涼しい顔をし、ことごとくを漆黒のオーラで弾いた。

その一瞬にできた隙。

レオンさんがクリスタルの槍を手に奴に肉薄し。

「霊槍レブナント——鳳穿貫《ほうがぬき》！」

目にも止まらぬ速さで四肢と心臓部を射抜く——！

「むっ。俺の体を穿つとは……よい槍だ」

「ッ！」

嘘っ、四肢と心臓に穴が開いてるのに、死んでない!?

それどころか瞬く間に再生して反撃してきた……！

『チッ！』

間一髪、スフィアの防御シールドが魔族の攻撃を阻む。

その間にレオンさんは、魔族の攻撃範囲から離脱した。

どういうことだ。何故死なない？　そもそも、あの異様な回復力はなんだ？

「スフィア、魔族って全部ああなの？」

『いえ。魔族と言えど、不死身ではありません。ですがこれは……少々お待ちください』

スフィアの目が光、モーター音が響く。

『……出ました。魔族は捧げられた魂の量により、力を増す種族のようです』

「なんだって……!?」

『三年前より捧げられてきた魂は、全部で五十八……それにより、身体能力、自己回復力が跳ね上がっているものと思われます』

魔族ってのはつくづく化け物じみてるな！

「弱点はないの？」

『あります。基本的に魔族も他の種族と同じで首を跳ねたり心臓を貫けば死にます』

「でも今……」

『恐らく、人間の魂を捧げられた影響かと』

だからって、まさか死なないなんて……！

リッチは不死の王なんて言われていたけど、確かに頭が弱点だった。

でもあんなの、本当の不死じゃないか……！

『大丈夫よ、コハク。奴は間違いなく弱っているわ』

「え？」

『魔族は捧げられた魂の分だけ強くなる。代わりに捧げられた魂の分殺せば魔族は死ぬの』

『クレアの言う通りです。あと五十七回……本体と合わせて、五十八回殺さねばなりません』

即死の炎を防ぎ、まだ見たことのない未知の攻撃を避けつつ、五十八回も殺すのか。

でもそれ以外に方法がないなら……やってやる！

「みんな！　奴は捧げられた魂の分だけ殺せば死ぬ！　合計五十八回！」

俺の言葉にアシュアさんが真っ先に反応した。

「反撃させないうちに殺し尽くす！」

「やってみるがいい、劣等種《人間》」

《剣聖の加護》を付与したアシュアさんの剣撃を、魔族は爪を使って迎撃する。

あの剣捌きに追いつくって、なんて馬鹿げた反応速度だ。

「ふん……潰すぞ」

「ッ！」

アシュアさんが瞬時に奴から離れる。

直後、アシュアさんがいた位置に暗黒の球体が落下し。

ミシィッ――――！

え……床にまで張り巡らせていた防御シールドにヒビが入った!?

魔族が更に腕を振るう。

暗黒の球体が蠢き、無数の槍となってアシュアさんへ投擲された。

「フェン！」

「ノワール、ネロ！」

『『『ガルアアアッッッ！！！』』』

フェンリル、ノワール、ネロの咆哮。

その圧により、暗黒の槍は左右に分散した。

「む？　獣王種《キング》程度に俺の攻撃を逸らされた……いや、違う。――いるな、もう何匹か」

『ハアァンッ？　匹？　匹ですってぇ!?』

「落ち着けクレア！」

今ここで本気を出したら全員巻き込むことになるから！

ギリギリでクレアを抑え込む。

と、魔族がゆらりと動いて俺のほうを向いた。

「……そこの男。何故俺たちのことを知っている？　捧げられた魂から察するにここは三千年後……我らのことは世に知られていないはずだが」

「………………」

「……沈黙、か。貴様からは危険な匂いがする。近い将来、我ら魔族の天敵になりかねん。……ここで殺す」

来る！

一瞬で目の前から消える魔族。

だけど……俺にはみんながいる。

背後で、防御シールドにより何かが阻まれたような甲高い音が響く。

直ぐに振り返ると、魔族は僅かに目を見開いて硬直していた。

「魔法剣フラガラッハ——【切断】！」

「ぐぉっ……!?」

内からの攻撃は通し、外からの攻撃は防ぐ。

それを利用し、抵抗なく魔族の首を跳ね飛ばすが、それも一瞬で再生された。

「なんだ……なんだその武器は……！」

「誰が教えるかよ！　フェン！」

『うん！』

フェンリルのオリハルコン鉱石すら切り裂く爪が、魔族の体を一瞬で砕いた。

「おごっ⁉」

あと五十六回！

「トワさん！」

「はぁ～い。クルシュちゃ～ん」

「ガアアアアアアアアッッッ！！！！」

クルシュのブレスが、再生しかかった魔族の体を焼き払う。

「ぐぬぅっ……ハアアァッッッ！」

っ！　ブレスを吹き飛ばした⁉

みんなに着弾する前に、クレアがブレスを掻き消す。助かった……。

魔族は深く息を吐くと、納得したかのように何度も頷いた。

「うむ、うむ。なるほど……貴様らはこの時代でも最高峰にいるらしいな」

チッ。まだまだ余裕そうだ。

ここまでしても、まだ五十五回も殺さないといけないなんて……魔族っていうのは、化け物すぎるな。

即死の炎、質量が狂ってる暗黒物質。軽微な傷なら一瞬で回復し、それにまだ見ぬ能力を持っている。

だけどこっちは今の攻防だけでかなり消耗してた。

これは……本格的にヤバいかも。

「さて、俺も少し本気を出すぞ」

魔族が右腕を大きく振りかざすと……右腕が巨大化した⁉

鋭利な爪は更に凶悪に。

細腕はロウンさんの腕よりも太く。

纏う闇も大きく蠢いている。

質量が狂ってる暗黒物質の形が変化し、巨大な剣になって左手に握られた。

右には漆黒の爪。左には漆黒の大剣。

それに伴い、魔族から感じる圧も高まってる……！

「まずは邪魔な魔物《虫》共。貴様らからだ」

「ノワール、ネロ！」

「避けろ！」

ザニアさんとコロネさんの声が響く。

「遅い」

二人の使い魔が動く前に、魔族は既にアネモスへと肉薄していた。

振り上げられた巨大な爪。ダメだ、避けられない。

「スフィア！」

『防御シールド！』

紙一重で防御シールドが魔族の爪を防いだ。

が、魔族は悔しがる様子も見せず……俺に邪悪な笑みを向けた。

「やはりな。この見えない何かの正体は貴様だったか！」

「ぅっ⁉」

まさかっ、今の攻撃はそれを確認するため……⁉

「貴様を殺さねばこやつらは殺せん。ならば――貴様から葬る」

来るか……！

『ご主人様には触れさせません！』

『《バースト・バーニング》！』

魔族を中心に現れた立体魔法陣。

そいつが一瞬輝くと、陽光のような炎が天を突く柱となって吹き荒れる。

「小癪！」

っ！　白骨になっても動くのかよ……！

『命がいくつあるか知らないけど、あの魔法で死なないって意味わからないんだけど！』

『口より手を動かしなさい！』

スフィアの両腕が変形。

白銀の刃が、モスキート音のような奇妙な音を響かせている。

『《技能付与《エンチャント》・剣士《フェンサー》》！』

「うぐぉっ⁉」

すげぇ……あの魔族を、ケーキを切るみたいに簡単に切り刻んでる……！

『高周波ブレード――戦斬《いくさぎ》り！』

瞬く間に細切れになる魔族。

「ごおっ……おごごぉっ……⁉」

『つぶれちゃえー！』

回復する暇もなく、フェンリル渾身のプレス！

まるでワンコがゴキを踏み潰すがごとく！

「……何が起こっているんでしょう……？」

「わかんねぇが……多分、コハクの使い魔が何かやってるんじゃねぇか？」

「さすが幻獣種《ファンタズマ》。デス・スパイダーの時を思い出すよ」

見てないで手伝ってくれませんかねぇ⁉

フェンリルが飛び退くと、床にはひしゃげた体の魔族が蠢いている。

砕かれた骨。断裂した肉。潰れた頭。

全てが驚くほどの速さで回復していった。

「ぐ！　見えない力……覚えがあるぞっ。貴様、もしやとは思うが幻獣種《ファンタズマ》テイマーか⁉」

「だとしたら？」

「見えない魔物で攻撃を仕掛けるなど卑怯な！　男なら正々堂々勝負せんかァ！」

「魔族に卑怯とか言われたくない！」

火精霊を騙って復活してきたくせに！　自分を棚に上げて何を言ってるんだ！

俺たちの攻撃を見ていて唖然としているみんな。

だけど、コロネさんが目をギラつかせたのが目の端に映った。

「総員、コハク殿にだけやらせるな！　いくら幻獣種《ファンタズマ》とは言え何が起こるかわからん！　一気に攻め切れ！」

「おぉ～、コロネちゃんかっこい～」

「トワ、貴様もだ！　いい加減本気を出さんか！」

「えぇ～、あれ疲れ……あ、嘘ですごめんなさい」

ん……？　なんだ、何かやるつもりか？

ふと、頭上を見上げる。

「じゃ、クルシュちゃ～ん。よろしくお願いしま～す」

「グルッ」

クルシュが大きく、大きく口を開き。

「あむっ」

トワさんを食った。

……………………………………………………？？？

「食った!?」

「あむあむあむあむあむ」

美味そうに咀嚼すんな！

「ちょっ、ちょーっ⁉　あれ、あれいいの⁉」

「あー、コハクくん、コハクくん。トワちゃんはいつもこんなんだから大丈夫だよ」

俺以外、みんないつも通り。

えぇ……いいのか、あれで？

みんなが魔族へ攻撃している間、クルシュは未だにトワさんを咀嚼している。

「ゴクンッ」

あ、飲み込んだ。

どうなるんだ、これ？


――ドクンッ――


「ッ⁉」

ゾワワワァッ――！

ぇ……なんだ、今の鼓動は……？

場所はクルシュから。

淡く白い光を纏い、鼓動と共に体が大きくなったり縮んだりしている。

……あれ？　クルシュ、本当に縮んでない？

グングン、グングン縮んでいくクルシュ。

それが人間くらいのサイズになった瞬間――体の形が変化した。

逞しく、太い腕は細くしなやかに。

巨体を支える脚はまるでカモシカ型魔物のごとく。

頑強な鱗に覆われていた胴体は女性のような曲線美に変わり。

獰猛な目と牙を持つ顔は瞬く間に女性の顔になり、ミルキーウェイのような銀髪が波打つ。

って、これ……!?

「と……トワさん……!?」

『はいはい。あなたのトワ・エイリヒムですよぉ～』

嘘……あれ、何？　変身？　でもあの姿は……？

愕然とする俺。そんな俺の傍にやって来たレオンさんが、ムスッとした顔で見上げた。

「はぁ……トワは、自身の体をテイムした魔物に食わせることで融合し、一時的に魔物の力をその身に宿せる特異体質なんだ。俺たちはそれを、魔物と人間の融合……魔人化と呼んでいる」

「魔人化……」

確かに……あの体からは暴力的な力をビシビシと感じる。

なるほど、合点がいった。

最初会った時から感じていたトワさんの底知れぬ力。

それは、これが影響していたんだ。

『さあ魔族ちゃ～ん。……ア～ソビ～マショ～』

トワさんが硬質な翼を広げ――――ミサイル弾のように一直線に飛んできた。

「ッ――！」

魔族が射線上から離れるように、半身になるように体をずらす。

が、避けきれず抉られたような傷が胴体に走った。

「人魔融合だと……!?」

『魔人化、ですよぉ～』

ギザ歯をチラつかせ、妖艶に唇を舌で舐める。

凶暴な美しさと言うべきか。女性特有の艶めかしさと、龍種《ドラゴン》特有の凶暴さが合わさっている。

なんか……綺麗だ。

不覚にもそう思ってしまった。

『ご主人様』

『コハク、あんたねぇ……！』

「待て、誤解だ」

いや何が誤解なのか俺が聞きたいけど。

ゴオオオォォォッツッ――――！！！！

「おわっ⁉」

『防御シールド！』

突然の暴風が俺たちを襲うが、スフィアがすんでのところで防いでくれて被害はなかった。でも、なんでこんな暴風が……⁉

暴風の発生源を見る。

魔人化したトワさんの拳が、爪が、魔族へと襲いかかり。

魔族もその全てに対応していて、互いの実力が拮抗しているのが見て取れた。

『いい、いいですねぇ、いいですよぉ～！』

「貴様も、人魔融合をここまで使いこなすとはな。こんな人間、三千年前にもいなかった！」

二つの暴力が激突し、衝撃波を発生させている。

これが暴風の原因か……！

「魔族！　貴様の相手はトワだけじゃないぞ！」

コロネさんの手が光る。

直後、妖精種《フェアリー》が手を重ねると、三体を光の球体が包み込む。

心を温かく包み込んでくれそうな淡い光だ。

「アイレ、アネモス、リーフ！　魔融合！」

魔融合？

三体を包んでいた光が徐々に薄くなっていくと——三面六臂の妖精種《フェアリー》が現れた。

「え、きもい」

「コハク殿、後で説教だ！」

本当のこと言っただけなのに！

三面六臂の妖精種《フェアリー》は、背中（？）から生えた翼を羽ばたかせて宙を舞い、高速で旋回しながら魔族へ接近した。

スピードは二人に遠く及ばないが、手数や目の量でトワさんを邪魔せず攻撃と防御を繰り出す。

「むぐっ！　おご！　ごばっ⁉」

トワさんだけでなく、妖精種《フェアリー》も同時に攻撃してることで魔族も防ぎ切れなくなっていた。

「頑張れ二人ともー」

「ザニア、貴様も仕事しろ」

「えー、二人だけでよくない？」

「やれ！」

「へいへい」

今度はザニアさんの手が光る。

すると、獣王種《キング》二体の目が光り、メキメキという音と共に体の形が変形していった。

「魔変身・獅子人《ししびと》の型」

『ゴアアアアアアアアアアアアアアアアアアアアアアアアアアアアアアアア

アアア
アアアアアアアアアアアアアアアアアアアッッッ！！！！』」

うっ、凄い咆哮だ……！

ノワールとネロ。二体の獣王種《キング》は、筋肉や骨格がまるで人のようになり、たてがみをなびかせ二足歩行で仁王立ちしている。

テイマーの戦闘、奥が深すぎる……。

二体の人型獣王種《キング》が加わったことで、更に戦闘は一方的なものになった。

トワさんの超暴力。

妖精種《フェアリー》の自由すぎる攻撃。

獣王種《キング》の息のあったコンビネーション。

正に圧倒的だ。

「ぐっ……！　おおおおおおおおおおおおおおおおおおおおおおッッッ！」

あっ、逃げた！

「やあ、いらっしゃい」

「ここからは僕たちの」

「番だぜ、ゴルァ！」

逃げた先。

そこに待ち受けていたのは、《剣聖の加護》を発動しているアシュアさん。

魔法杖から無数の魔法を発動させようとしているコルさん。

コルさんの《魔力付与《エンチャント》》で筋肉が隆起しているロウンさん。

まさに地獄絵図だ。

「剣聖――閃光斬！」

「ほぺっ」

瞬きする暇もなく、一瞬で数百のパーツに切断する。

が、まだ殺し尽くせていないのかまた復活した。

「魔闘殲滅流――鬼連打！」

「チィッ！　舐めるなよ人間ァ！」

ロウンさんの鬼のような連撃。

対して魔族も同じ手数の連撃。

互角同士だが……僅かにロウンさんが押されている。

と、コルさんが高速で魔法を詠唱した。

「《アイス・プリズン》」

直後、魔族の足元に現れる魔法陣。

そいつが魔族の体を足から順に凍結させていく。

「動けっ……!?」

「おら

おらァァァッッッ！！！！」

すげぇ……腕が数十本に見える……。

まさに鬼の連打……恐ろしすぎる。

『ご主人様、残りの魂が五つとなりました！』

「五つ……！　みなさんっ、魔族はあと五回殺せば死にます！」

「ッ、チィ――――！」

「ぐぉっ!?」

なっ！　あの状態でロウンさんを押し返した!?

大きく翼を広げる魔族。同時に上空に向かって羽ばたき、巨大な腕を振るって防御シールドにヒビを入れた。

『逃げる気よ！』

『逃がさない！　逃がさない！』

フェンリルが空中を駆け、魔族に肉薄。

魔族も殺気を察知したのかフェンリルの爪をすんでのところで回避。再度防御シールドに攻撃し、ヒビを広げた。

「《ブリザード・キャノン》！」

コルさんの氷魔法。

だがそれも、翼を使って弾き飛ばされた。

まずいっ、このままじゃ――！

「ロウン、俺を飛ばせ！」

「行くぜマスター！」

ロウンさんが手を組み、レオンさんがそこに足を乗せ……上空に向けて飛ばした。

「霊槍レブナント――螺旋無限突き！」

体を回転させ、螺旋状に槍を突くレオンさん。

だが。

「待っていたぞ、貴様の攻撃を！」

「ッ！」

魔族が脇目も振らず離脱。

直後、レオンさんの槍がヒビを入れていた防御シールドを粉々に砕いた。

「ふははは！　見誤ったな劣等種《人間》ども！　外で人間を食い漁り、力を付け再び貴様らを殺しに来る！　せいぜい震えて眠るがいい！」

ワォ、小物感。

『逃がしませんよぉ～』

トワさんが翼を羽ばたかせ魔族に向かって飛翔する。

だが時すでに遅し。

魔族は砕かれた防御シールドの穴から、大空へ向かって飛び出し——。

ゴスッッッッッ————！！！！！！！

見えない壁に頭を盛大に打ち付けた。

「ぇっ……がっ……⁉」

「あー、ごめんね。……いつからシールドが一枚だと錯覚していた？」

真っ逆さまに落下してくる魔族。

トワさんは魔族の首根っこを掴むと、地面に向けて思い切り叩き付けた——。

「ゲハッ！？！？！？」

『あと四回です』

叩き付けで一回殺すって、どんなパワーだ、トワさん。

「ぐ、ぐそっ……クソォァ……！」

「俺たちから逃げたければ、あと四十九枚頑張れよ」

「……貴様が……貴様がいなければァァ‼」

ま、そうなると俺のほうを狙ってくるよなぁ。

「クレア」

『ええ』

クレアが魔族に指を向ける。

僅かに赤く光る指先。次の瞬間……魔族は目を見開き、崩れるようにもがき苦しんだ。

目から血を流し、全身を掻きむしって悶えている。

「あがっ……けっ……ぉ……!?」

「魔族は無駄に頑丈だから死にづらいとは思うが……血管の中の血液が沸騰する気分はどうだ?」

「ぁ……ぉ……」

ぱたり。死んだか。

『ご主人様、あと三回です』

「オーケー。フェン」

『あーい!』

フェンリルが、再びもぞもぞと動き出した魔族へ向けて突進する。

「へぼっ!」

『あーそーぼ!』

フェンリルの爪が起き上がった魔族の腹に食い込み、吹き飛ばす。

吹き飛ばされた魔族より更に高速で回り込み、吹き飛ばす。

吹き飛ばす。

吹き飛ばす。

吹き飛ばす。吹き飛ばす。吹き飛ばす。吹き飛ばす。吹き飛ばす。吹き飛ばす。吹き飛ばす。吹き飛ばす。吹き飛ばす。吹き飛ばす。吹き飛ばす。吹き飛ばす。吹き飛ばす。吹き飛ばす。

『ご主人様、あと一回です』

「わかった。フェン、戻ってきて」

『あーい！』

俺の背後に戻ってきて、尻尾をぶんぶん振り回すフェンリル。あとでめいっぱい褒めてやろう。

「ぁ……ぅ……だ……だずげ、で……だずげでぐだざぃ……！　しに……死にだぐ、なぃ……！」

『うるさいですよ不快害虫。ご主人様の前に跪きなさい』

「ほぐっ!?」

スフィアのパワーで、両手両足と翼を封じられた魔族が俺の前に頭を垂れる。

「最後に言い残すことは？」

「ぐ……ぞっ……！　死ね！」

『無駄よ』

俺に襲いかかってくる黒死炎。

だがそれも、クレアの前に掻き消された。

「俺には最高の使い魔たちがいる。お前の攻撃は、俺には届かない」

「……く……くく、くくくくくっ。よ、よぉくわかった……貴様の力も、ここにいる全員の力も

……」

何が言いたいんだ、こいつは。

……まあいい。終わらせてやる。

フラガラッハを構え、目を凝らす。

赤い線が首に浮かび上がり、そこにフラガラッハを突きつけた。

「貴様らは強い……それは間違いないが、それでもあの方々には遠く及ばん」

「……あの方々？」

「……魔王様。そして魔王様に傅く七人の魔族……七魔極。彼らには勝てん。貴様ら程度ではな……

ふ、ふふ……ふははははは――」

スパッ――！

力を込め、魔族の最後の命を斬り飛ばす。

直後……魔族の体は音もなく崩れていき、最後は灰だけが残された。

七魔極……面倒なもん聞いちまったなぁ。

◆◆◆

場所は変わってバトルギルド、ギルドマスター室。

魔族を消滅させた俺たちは、喜びをわかち合うわけでもなく沈痛な面持ちで集まっていた。

理由は勿論、さっきの魔族が残した言葉。

七魔極とかいう、七人の魔王の側近。

テイマーギルドの最高峰とバトルギルドの最高峰でも、そいつらには勝てない、か。

そりゃ、言葉も空気も重くなるわ。

そんな中、面倒くさそうに鼻をほじくっていたザニアさんが口を開いた。

「七魔極ねぇ。ホントにそんな奴いんのかい？　ダリィ」

「わからん。コハク殿、何かわからんか？」

「あ、はい。少々お待ちを」

待機しているスフィアに目を向けると、小さく頷いた。

『あの魔族の言う通り、七魔極は存在します。奴らの当時の強さと皆さんの現在の強さを比較すると……やり合えるのは《剣聖の加護》を発動したアシュア様、魔人化したトワ様くらいでしょうか』

やっぱりいるんだなぁ……。

しかもアシュアさんとトワさんの本気で、ようやくやり合える程度……。

そのことを嘘偽りなく伝える。

こんなところで嘘をついても仕方ないから。

だけど案の定……場はもっと暗くなった。

「クソッ！　俺たちじゃ足手まといってのか！」

「そうです、万端に準備をすれば……！」

「ロウン、コル。やめておけ」

激昂するロウンさんとコルさん。

それを、レオンさんが手を挙げて止めた。

「確かにあの時のアシュアとトワは、このメンバーの中では抜きん出た強さだった。認めるしかない」

「おやぁ～？　私のほうが上だと認めましたかぁ～？」

「あ？　誰がいつそう言った」

こんな時まで喧嘩するんじゃありません。

「とにかくだ。今日の魔族だって、コハクの使い魔が俺たちを守ってくれなければ何人死んでいたかわからない。俺たちは、早急に強くなる必要がある」

レオンさんの言葉に、真っ先にコロネさんが頷いた。

「うむ。レオン殿の言う通りだ。ザニア、私に付き合え。特訓だ」

「パス」

「毛根を死滅させられるのとどっちがいい」

「ナチュラルに酷いこと言わないでよ。ったく、わーった、わかりましたー」

アシュアさんたちも、特訓について話し合っている。

これ、俺たちもうかうかしてられないな。

「コハクさん、どこ行くんですかぁ～？」

「あ、はい。俺も強くなろうかと」

「……これ以上強く、ですか？」

「まあ、みんなさんの戦い方を見ていたら……じっとしていられません」

そう、俺にはトワさんみたいな魔人化も。コロネさんみたいな魔融合も。ザニアさんみたいな魔変身もない。

ただ、みんなの力に甘えているだけ。

せっかく伝説の幻獣種《ファンタズマ》を使役してるんだ。

みんなに甘えてるだけじゃなく……俺も、トワさんたちみたいに戦いたい。

「なるほど～。気を付けてくださいね～。何かあったら、私の使役するミニ龍種《ドラゴン》を使って連絡します～」

「わかりました」

この場にいるみんなに軽く挨拶をし、バトギルドを出るとフェンリルに乗って空を翔けた。

『コハク、どこに向かうの？』

「うん。せっかくフラガラッハを手に入れて《技能付与《エンチャント》》で剣技を使えても、俺自身は弱いままだ。だからまずは、剣神ライガと契約するために剣の里に向かう」

ライガは、俺こそが魔王を討てる可能性があると言っていた。

そして今日の戦い。

みんながどれだけ強くても、魔王どころか七魔極にすら及ばないことがわかった。

そして現状、俺の力はみんなに遠く及ばない。

それならテイマーとしての実力も、俺自身の力も上げないと、到底魔王に勝つことはできない。

魔王を倒すため……俺は強くなる。

「スフィア、剣の里はどこにあるの？」

『はい。剣の里はアレクスの街から更に東……未だ人類の到達していない絶海の孤島に存在します』

「わかった。フェン、いける？」

『もちろん！　もちろん！』

フェンリルの空を翔けるスピードがぐんと上がる。

眼下に見える大地が大海に変わり、剣の里へ向かい進んでいった。

『因みにこのまま行くとフェンリルの脚でも丸一日かかります』

「それ先に言おうね」

《了》

あとがき

初めましての方は初めまして。お久しぶりの方はお久しぶりです。

作者の赤金武蔵です。

「唯一無二の最強テイマー～国の全てのギルドで門前払いされたから、他国に行ってスローライフします～」をお手に取ってくださり、誠にありがとうございます。

当作品は「小説家になろう」様に掲載しており、この度サーガフォレスト様に拾われて書籍化の運びとなりました。

自作としては、ファンタジー二作目……ええ、二作目です……！

やったぁあああああああああああああああああああああ！！！！

いえええええええええええええええええええええええええい！！！！

こほん。すみません、テンション上がりました。でも嬉しいのです！　これも、Ｗｅｂ版から読んでくださっている読者の方々のおかげです！　ありがとうございます！

ということで、当作品の紹介を大雑把にします（少しネタバレあり）。

当作品は「小説家になろう」で流行っている「追放ざまぁ」の派生形となっております。

その名も、「不採用ざまぁ」！　ギルドやパーティーに**所属すらさせてもらえず**、どこに行っても**門前払い**に合うのが、当作品の主人公となっております！

これだけ聞くと主人公、とても不憫です。可哀想です。

でも大丈夫！　主人公のことを認めてくれるところで、ちゃんと幸せに暮らしていきます！

もしもまだ当作品を読んでいないという方がいれば、是非このあとがきを読んだ後レジへゴーゴー！


最後に謝辞を。

サーガフォレスト編集部の皆様。当作品を拾ってくださった担当様。素敵なイラストを描いてくださったＬＬＬｔｈｉｋａ大先生様。そしてＷｅｂ版、もしくは書籍版から読んでくださった読者の皆様。

本当に、本当にありがとうございます！

これからも当作品を書いて行けるよう努力して参りますので、何卒よろしくお願いいたします！

赤金武蔵

追放領主の孤島開拓記
Tsuihouryoushu
秘密のギフト
【クラフトスキル】で
世界一幸せな領地を
目指します！
長尾 隆生
Takao Nagao
Illustration かれい
S級ギフト
【クラフトスキル】で全てを解決していく!!
～心優しき最強領主の開拓物語～
©Takao Nagao

バートレット英雄譚
スローライフしたいのにできない弱小貴族奮闘記
1
上谷 岩清
Illustrator 桧野ひなこ
用無しとなった少年たちの辺境開拓!!
異世界転生してもチートなしな少年の成り上がりスローライフ!
©Iwakiyo Kamitani

唯一無二の最強テイマー
～国の全てのギルドで門前払いされたから、他国に行ってスローライフします～1

発　行
2021年9月15日　初版第一刷発行

著　者
赤金武蔵

発行人
長谷川　洋

発行・発売
株式会社一二三書房
〒101-0003　東京都千代田区一ツ橋2-4-3 光文恒産ビル
03-3265-1881

印　刷
中央精版印刷株式会社

作品の感想、ファンレターをお待ちしております。
〒101-0003　東京都千代田区一ツ橋2-4-3 光文恒産ビル
株式会社一二三書房
赤金武蔵 先生／LLLthika 先生

Printed in japan, ISBN 978-4-89199-739-7
※本書は小説投稿サイト「小説家になろう」（http://syosetu.com/）に
掲載された作品を加筆修正し書籍化したものです。